CONTES

D'HAMILTON.

IMPRIMERIE DE FIRMIN DIDOT,

RUE JACOB, N° 24.

CONTES

D'HAMILTON.

TOME SECOND.

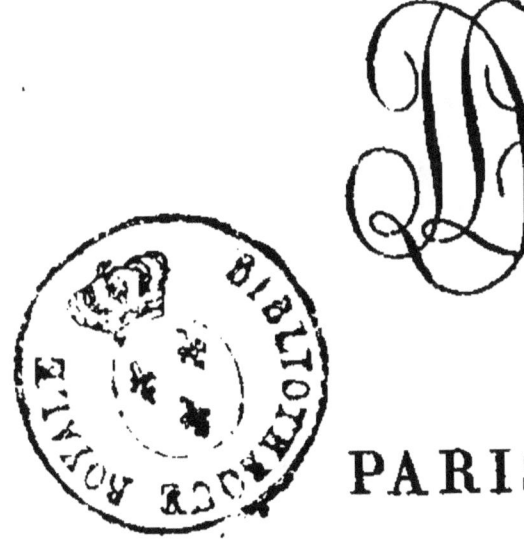

PARIS,

L. DE BURE, LIBRAIRE, RUE DE BUSSY, N° 30.

M DCCC XXVI.

LES QUATRE

FACARDINS,

CONTE.

A M. L. C. D. F.....

———

A QUOI m'engagez-vous, adorable Sylvie?...
    Ce vers est pris d'une chanson
    Où, sur le ton de l'élégie,
    Certain élève d'Apollon
    Demandoit autrefois la vie
    A la Sapho de Pélisson.
    Quant à moi, c'est avec raison
    Que devant vous je m'humilie,
    Et que je viens, en Jérémie,

II.

Vous dire, sous un autre nom :
A quoi m'engagez-vous, adorable Sylvie ?...

Faut-il, après le Renard blanc,
Après Fleur d'Épine la blonde,
Après Tarare, son amant,
Par un nouveau déchaînement,
Faire encor trotter à la ronde
Et l'héritière d'Astracan,
Et le prince de Trébizonde ?
Puisqu'il ne dépend que de vous
De me dispenser d'en écrire,
Je vous demande à deux genoux,
De me sauver de la satire,
Et de m'épargner le courroux
De gens sensés, et las de lire
Des fables qui ne font plus rire.

Les contes ont eu, pour un temps,
Des lecteurs et des partisans ;
La cour même en devint avide,
Et les plus célèbres romans
Pour les mœurs et les sentiments,
Depuis Cyrus jusqu'à Zaïde,
Ont vu languir leurs ornements,

Et cette lecture insipide
L'emporter sur leurs agréments.

En vain des bords fameux d'Ithaque,
Le sage et renommé Mentor
Vint nous enrichir du trésor
Que renferme son Télémaque ;
En vain l'art de son précepteur
Étale avec délicatesse
Dans ce roman de rare espèce
Ce qu'ont d'utile ou de trompeur
La politique et la tendresse ,
Et cette fatale douceur,
Tendre fille de la mollesse ,
Dont s'enivre un héros vainqueur
Aux pieds d'une jeune maîtresse ,
Ou d'une habile enchanteresse ,
Telles que les peint ce docteur,
Instruit de l'humaine foiblesse ,
Et curieux imitateur
Du style et des fables de Grèce :
La vogue qu'il eut dura peu ;
Et, las de ne pouvoir comprendre
Les mystères qu'il met en jeu,
On courut au Palais le rendre ,

Et l'on s'empressa d'y reprendre
Le Rameau d'or et l'Oiseau bleu..

Ensuite vinrent de Syrie
Volumes de contes sans fin ,
Où l'on avoit mis à dessein
L'orientale allégorie ,
Les énigmes et le génie
Du talmudiste et du rabbin ,
Et ce bon goût de leur patrie ,
Qui, loin de se perdre en chemin ,
Parut, sortant de chez Barbin ,
Plus arabe qu'en Arabie.

Mais enfin, graces au bon sens ,
Cette inondation subite
De califes et de sultans
Qui formoient leur nombreuse suite ,
Désormais en tous lieux proscrite ,
N'endort que les petits enfants.

Ce fut dans cette paix profonde
Que moi, misérable pécheur,
Je m'avisai d'être l'auteur
D'un fatras qu'on lut par le monde.

Je l'entrepris en badinant,
Et je fourrai dans cet ouvrage
Ce qu'a de plus impertinent
Des contes le vain étalage :
Mais je ne fus pas assez sage
Pour m'en tenir à ce fragment ;
J'y joignis un second étage.
Pour marquer les absurdités
De ces récits mal inventés,
Un essai peut être excusable ;
Mais dans ces essais répétés
L'écrivain lui-même est la fable
Des contes qu'il a critiqués.

Vous qui disposez de ma vie,
Qui la rendez heureuse, ou la comblez d'ennuis,
Souffrez, de grace, que j'oublie
Les engagements où je suis.
En vain je fais l'apologie
Du conte de la nymphe Alie,
Et de la dernière des nuits,
S'il faut me signaler par une autre folie,
Et coudre un nouveau supplément
Au dernier tome de Galland [1].

[1] Auteur des Mille et une Nuits.

Je ne connois que trop la honte
De mettre au jour conte sur conte ;
Cependant, si vous l'ordonnez,
Je vais, en dépit du scrupule,
Suivre les lois que vous donnez,
Et me livrer au ridicule
Des fatras que j'ai condamnés.

Nous avons laissé le prince de Trébizonde sur le point de conter ses aventures par ordre du sultan, son seigneur. Ce prince de Trébizonde étoit fait à peindre, vaillant, adroit, grand parleur, et quelque peu gascon, comme on verra par la suite d'un récit qu'il commença de cette manière :

Ce n'est point à votre majesté sublime et toujours auguste qu'il faut conter des fables : pour moi, qui fais profession d'une vérité scrupuleuse, je vais, à l'exemple de la sultane votre épouse, vous conter des aventures aussi véritables qu'elles paroîtroient fabuleuses, si tout autre que moi se vantoit de les avoir mises à fin.

Je ne parlerai de ma naissance que pour vous dire que ma mère, la plus superstitieuse princesse de son temps, s'étoit mis en tête que le bonheur ou le malheur de ma vie dépendoit du nom qu'on me donneroit; et, ne voulant point de ceux que mes ancêtres avoient portés, elle étoit sur le point d'envoyer à l'oracle pour en demander un à sa fantaisie, lorsqu'un certain perroquet, dont elle faisoit grand cas, s'avisa de répéter deux ou trois fois Facardin. Il n'en fallut pas davantage pour la déterminer, et pour m'honorer de ce beau nom. Passons aux temps de ma vie qui sont marqués par les évènements dont vous me demandez le récit.

J'étois parti de votre cour quelques jours avant la révolution qui survint au sujet de la première impératrice, votre épouse : j'en appris la nouvelle à deux journées de mes états ; et je prendrai la liberté de vous dire que j'y désapprouvai votre départ, comme j'ai fait la conduite de votre hautesse depuis son retour : car encore vaut-il mieux ne se point remarier, que de se précautionner contre les infidélités futures d'une épouse, en ne lui donnant pas le loisir d'être infidèle, c'est-à-dire, en lui faisant couper la tête dès le lendemain de ses noces.

Je ne fis de séjour à Trébizonde qu'autant qu'il en falloit pour contenir mes vassaux, vos sujets, dans leur obéissance ; car tout étoit prêt à se soulever contre la cruauté d'un édit sur lequel les peuples s'imaginoient que les autres souverains alloient se régler. J'assurai fort les miens que je n'étois pas venu pour en amener la mode ; et, m'étant fait donner la liste des tournois publiés par le monde pour la présente année, avec un état des aventures les plus impraticables qui fussent dans l'univers, je partis, dans le dessein de rendre le nom bizarre qu'on m'avoit donné aussi célèbre qu'il me paroissoit inouï : et certes je puis dire, sans me flatter, que je n'y ai pas mal réussi.

Je pris des mesures toutes différentes de celles que prennent d'ordinaire les autres aventuriers ; car, au lieu d'un écuyer pour porter mes armes, et pour conter mes exploits, je pris un secrétaire pour les écrire ; et jamais pauvre secrétaire n'eut tant à travailler.

La fortune secondoit par-tout mon audace ; les beautés cédoient à mon mérite, et leurs héros à ma valeur. Cependant je m'ennuyois d'être toujours aimé sans jamais pouvoir être amoureux ; et, si je n'avois trouvé chaque jour quelque monstre à combattre, ou quelque enchantement à détruire pour m'amuser, je ne sais ce que je serois devenu.

Mon secrétaire avoit naturellement du bon sens ; et, comme il s'étoit beaucoup formé l'esprit depuis qu'il étoit à mon service, il tâchoit de me consoler, en me faisant voir qu'il y avoit des malheurs encore plus grands dans la vie que celui dont je me plaignois. Fasse le ciel, disoit-il, que l'heureux Facardin ne les éprouve jamais, et que la fortune lui soit assez favorable pour l'éloigner du climat dangereux et des campagnes fertiles du royaume d'Astracan !

Nous étions au milieu du jour, et dans le milieu d'une forêt sombre et délicieuse, et j'étois sur le point de choisir l'arbre le plus épais pour m'asseoir sous son ombre, et pour apprendre de mon secrétaire ce que c'étoit que cet Astracan, lorsque je vis avancer vers nous deux hommes montés sur de superbes chameaux.

Dès que celui qui marchoit le premier fut auprès de nous, il attira toute mon attention par son air et par l'action que je lui vis faire. Sa taille étoit la plus noble et la plus aisée qu'on pût voir, et son visage étoit si charmant, que mon secrétaire même, accoutumé à me voir tous les jours, ne put s'empêcher de témoigner la surprise et l'admiration que lui causoit une figure si gra-

cieuse. Nous eûmes tout le temps qu'il nous fallut
pour l'examiner; car, s'étant arrêté vis-à-vis de
nous sans nous voir, il prit son casque des mains
de celui qui le suivoit; et, au lieu de s'en couvrir, comme je crus qu'il alloit faire, il poussa
quelques soupirs, regarda tendrement un oiseau
tout brillant d'or et de pierreries, que je pris
pour un aigle, et qui de ses ailes étendues om-
brageoit ce casque. Après avoir quelque temps
contemplé cette figure, il la baisa respectueuse-
ment; et, remettant le casque à son écuyer, il
passa fort près de nous, toujours enseveli dans
cette profonde rêverie qui l'avoit empêché de
nous voir.

Ce fut alors que je fis réflexion à ce que mon
secrétaire venoit de me dire, et je compris qu'un
homme bien amoureux ne seroit pas sans inquiétude, s'il trouvoit en son chemin un rival fait
comme cet étranger. Je ne pus vaincre la curiosité d'apprendre ce qu'il étoit; et mon secrétaire,
ayant civilement arrêté son écuyer pour s'en informer, revint tout effaré me dire qu'il s'appeloit
Facardin.

Facardin! grands dieux! m'écriai-je avec étonnement. A cette exclamation, le beau chevalier,

qui crut que je l'appelois, tourna la tête de son chameau pour m'aborder, et me demanda ce que je souhaitois de lui. Rien, lui dis-je, si ce n'est de savoir de vous s'il est possible que vous vous appeliez Facardin. Il n'est que trop vrai, me répondit-il; et plût au ciel qu'on ne m'eût pas été chercher ce maudit nom si loin pour me rendre malheureux, puisque je puis attribuer une partie des disgraces qui me sont arrivées à la fatalité secrète qui semble attachée à ce nom! Oseroit-on, lui dis-je, vous demander quelles sont ces disgraces?

Les voici, me dit-il le plus honnêtement du monde : Je serois le plus constant de tous les hommes, si je n'étois aussi malheureux en amour que j'y suis sensible depuis quelque temps; cependant je ne puis me plaindre d'avoir été trahi dans aucun commerce, puisque je n'ai jamais été aimé. Il est vrai que la plus adorable des mortelles, et la seule qui m'ait jamais regardé sans aversion, a paru se radoucir en ma faveur; mais, hélas! ce fut en me mettant à une épreuve dont le souvenir me transit d'horreur. N'en parlons plus, ajouta-t-il; et, pour revenir à ce que je vous disois, il est impossible que mes soins,

ma complaisance et mes assiduités, au défaut des
autres agréments que je n'ai pas, pussent être
par-tout rebutés, si ce nom bizarre ne me portoit
malheur.

Quoi! dis-je, il seroit possible qu'un homme
fait comme vous eût inutilement offert l'hom-
mage de son cœur; et qu'un homme d'autant
d'esprit puisse s'imaginer que le nom que vous
avez reçu en soit la cause! Il n'est que trop
vrai, reprit-il; et, pour vous en convaincre, je
n'aurois qu'à vous conter l'aventure qui m'est
arrivée en Danemarck; mais un homme comme
vous doit avoir bien autre chose à faire, qu'à donner son attention au récit des affronts que l'amour
m'a faits.

Je l'assurai fort que je n'avois rien de mieux
à faire pour lors que de l'écouter; et pour lui
donner, quelque petite espérance de changement
dans sa fortune: Seigneur, lui dis-je, mettez-vous
dans la tête qu'un nom est heureux ou malheureux, selon qu'il est bien ou mal porté. Je ne sais
de quelles régions du monde vous venez; mais il
faut que les beautés qui les habitent soient des
**chats sauvages, aux merveilles que vous me dites
de leur fierté et de leurs rigueurs. Je m'appelle**

Facardin comme vous ; et, pour vous montrer
que le nom n'y fait rien, j'ai trouvé cent beautés
en mon chemin ; et, quoiqu'il y en eût des plus
rares dans ce nombre, pas une ne m'a coûté plus
d'un soupir. Mon secrétaire vous en fera voir la
liste, et vous en donnera l'adresse. Allez les voir,
et m'en dites des nouvelles quand nous nous re-
verrons. Hélas ! répond le bel inconnu, quand
vous les auriez trouvées plus douces que des
agneaux, elles deviendroient de vraies tigresses
pour moi, moi qui n'ai jamais inspiré que de
l'aversion à toutes celles que j'ai vues, excepté
la vieille du mont Atlas, qui auroit elle-même
inspiré de l'aversion aux moins délicats et aux
plus susceptibles. C'est ce que je vais vous faire
voir, puisque vous voulez bien me donner quelques moments d'audience.

Nous mîmes pied à terre à ces mots ; et, tandis
que nos gens cueilloient des grenades et quelques
azeroles pour rafraîchir nos chameaux, ayant
choisi dans l'épaisseur de la forêt un endroit commode pour nous asseoir, l'étranger Facardin me
tint ce discours :

Comme j'ai fait vœu de ne me point découvrir,
tant que je me verrai le cœur indignement sus-

ceptible des premières impressions, et que je serai
le misérable rebut des beautés les plus susceptibles, dispensez-moi de vous parler de ma naissance, et de vous dire les lieux d'où je suis parti
pour me signaler par quelque renommée dans le
monde : il suffira de vous dire que le premier
objet de mes projets errants fut celui qui, selon
les apparences, vous met en campagne, aussi-bien
que tant d'autres aventuriers, je veux dire le dessein de me rendre digne d'aspirer à la conquête
de Mousseline la Sérieuse, princesse d'Astracan.
Mais, quoique ce soit, comme vous savez, ou
comme la renommée vous l'aura du moins appris,
la plus parfaite de toutes les mortelles, ce fut
moins la curiosité de la voir ou l'espoir de la
posséder qui m'engagea, que les difficultés, ou,
pour mieux dire, l'impossibilité de l'aventure.
Mon cœur, dans cet heureux temps, ne respiroit
que la gloire; et j'étois de la dernière indolence
pour l'amour.

Mes voyages jusqu'ici n'ont eu que deux événements qui soient dignes de votre attention. Le
premier est l'aventure de l'île des Lions, qui fit
naître celle du mont Atlas; et voici ce que c'est
que l'une et l'autre.

A deux journées de cette montagne fameuse, sur le sommet de laquelle les poëtes assurent que le ciel et tout l'attirail de ses étoiles se reposent, une vaste forêt s'étend jusqu'au rivage de la mer. Cette forêt est si peuplée de bêtes fauves, que c'est une merveille : on les y trouve par troupeaux, et ces troupeaux sont si nombreux, qu'on a de la peine en plusieurs endroits à se frayer un passage au travers de leur multitude. Au sortir de cette forêt, les habitants du pied de la montagne nous apprirent que les lions venoient autrefois de tous les déserts à la ronde chasser dans cette forêt; et qu'après l'avoir dépeuplée de cerfs, de daims et de chevreuils, ils alloient dépeuplant les campagnes voisines d'hommes, de femmes et de petits enfants; que le peuple, dans cette extrême misère, ayant eu recours à l'enchanteur Caramoussal, qui habitoit le haut de la montagne, il avoit par ses enchantements relégué tous les lions dans une île que je pourrois voir du rivage où la mer bat le pied du mont; que, pendant l'exil des lions, les bêtes fauves étoient revenues, et qu'elles avoient tellement multiplié, que la désolation étoit presque aussi grande que du temps des lions, parceque ces vastes troupeaux que j'a-

vois pu remarquer en passant la forêt se répan-
doient par-tout, et ravageoient les blés de la
campagne ; que, pour remédier à ce désordre,
on faisoit tous les ans trois ou quatre chasses
dans l'île des Lions, moins pour les inquiéter
ou pour leur nuire que pour en prendre le plus
qu'on pourroit, et les lâcher dans la forêt pour
faire diversion. Ils ajoutèrent que, le temps de
la première de ces chasses arrivant dans deux
jours, il ne tiendroit qu'à moi d'en avoir le divertissement.

Pour tout autre que pour un aventurier, ce
n'auroit pas été proposer une partie de plaisir
que d'inviter à la chasse aux lions : mais, pour
moi, j'y consentis avec joie.

Le rivage opposé à l'île des Lions étoit le rendez-vous des chasseurs. Cette île me parut d'une
assez grande étendue, fort sauvage, et toute couverte de bois extrêmement épais. Je fus surpris
de l'appareil de cette chasse : je m'étois attendu
que je trouverois force chiens, et quantité de
chasseurs armés de dards, de javelots, de flèches
et d'épieux ; mais, au lieu de tout cela, je ne
trouvai sur le rivage que vingt hommes, et vingt
jeunes filles assez bien faites. Les hommes me-

noient chacun un cerf ou un daim en laisse; et chaque fille portoit un coq sur le poing : il y avoit des filets dans les chaloupes où nous nous embarquâmes.

A mesure que nous approchions de l'île, nous entendions des rugissements effroyables et des hurlements si affreux, que mon écuyer, qui du reste est brave soldat, en parut un peu décontenancé, sans qu'aucune de nos nymphes en fût émue.

Le rivage étoit tout bordé de ces honnêtes lions, qui nous attendoient à la descente. J'étois en peine comment cette descente se feroit en présence d'un détachement si redoutable ; mais trois de nos chaloupes, abordant avant les autres, lâchèrent trois cerfs, après lesquels tous les lions s'étant débandés, ils nous laissèrent l'accès libre et facile dans leurs terres. Dès que nous y fûmes, nous entrâmes dans le plus épais de la forêt, où, pendant que les chasseurs tendoient leurs filets, les jeunes filles mirent des chaperons à leurs coqs, semblables à ceux qu'on met aux faucons.

A peine les filets furent-ils tendus, derrière lesquels on avoit posé les bêtes fauves, que nos

II. 2

lions revinrent tête baissée sur nous ; ils étoient deux douzaines, tous lions de grand appétit, à ce qu'il me sembloit ; mais, comme nous n'en voulions que deux ou trois à-la-fois, une des nymphes ôta vitement le chaperon de son coq, et lui tira deux ou trois fois une plume de la queue. L'endroit de cette forêt où nous étions paroissoit si sombre, que le coq s'imagina voir la petite pointe du jour, et se mit à chanter de toute sa force pour le saluer : les lions en furent tellement effrayés, qu'ils disparurent tous dans un instant, excepté celui qui s'étoit embarrassé dans les filets. On l'embarqua dans une de nos chaloupes avec un des chasseurs, et avec cette même fille dont le coq venoit de chanter. Quoique ce lion fût empêtré dans le filet, de manière qu'il n'y avoit pas de danger qu'il fît aucun mal, on ne laissa pas d'embarquer un chevreuil dans la même chaloupe, pour l'amuser pendant le trajet.

Que vous dirai-je, seigneur ? cette chasse, qui me paroissoit aussi nouvelle qu'elle étoit divertissante, dura jusqu'à ce que chaque chasseur eût ramené son lion, sa demoiselle et son coq. Je voulus rester le dernier, et me charger du poste d'honneur, parceque c'étoit le plus périlleux, et je me

mis à l'arrière-garde. Je fis embarquer mon écuyer
dans la chaloupe qui partit la dernière, excepté
celle qu'on m'avoit laissée.

Comme j'étois étranger, on m'avoit aussi laissé
le coq le plus fier, et la fille la plus assurée, de
peur d'accident. Cette fille commençoit à me donner des instructions sur notre retraite : mais moi,
qui n'en pouvois plus de honte, de voir que les
coqs remportoient toute la gloire de cette expédition, je la priai de ne point faire chanter son coq,
que je ne me fusse éprouvé contre quelqu'un de
ces lions ; que, s'ils venoient plusieurs sur moi
pendant que je serois aux mains avec un de leurs
compagnons, je lui dis qu'elle viendroit assez à
temps à mon secours pour me dégager d'un combat inégal. Elle ne m'y parut pas fort disposée, je
le vis à son air ; et, sur le point qu'elle m'alloit
répondre, les lions vinrent faire leur dernière
charge.

Je m'avançai l'épée à la main, et fis quelques
pas pour aller à leur rencontre.

Ils avoient à leur tête le plus formidable de
tous les lions ; ses yeux étoient étincelants, sa
crinière tout hérissée ; et, par hasard, ce lion se
trouva sourd comme un pot ; car la jeune fille,

effrayée de son énorme grandeur, fit d'abord crier
son coq, et le cri de ce coq étoit d'un enrouement
si hideux et tellement aigu, que j'en eus la tête
pénétrée de part en part.

Tous les lions, à la réserve de celui dont je
parle, saisis de terreur panique, se culbutoient
l'un par-dessus l'autre en fuyant.

Ma nymphe et son coq s'égosilloient à force de
chanter et de se désespérer; et le vacarme qu'ils
faisoient me parut encore plus importun que la
présence du lion. Le commencement de notre
combat méritoit, sans vanité, des spectateurs plus
tranquilles et plus illustres que ceux que nous
avions. Je lui avois déjà tiré du sang de plusieurs
endroits; mais en revanche il m'avoit fait, dès
la seconde passade, une égratignure qui, commençant auprès de l'oreille droite, descendoit en
écharpe jusqu'à l'extrémité du talon gauche. Je
n'avois point de bouclier, non plus que mon ad-
versaire; mais il avoit une queue qui se faisoit
encore plus sentir que ses griffes. Comme il se
faisoit tard, je pris mon épée à deux mains pour
mettre fin à la dispute avant la nuit : mon ennemi, qui, selon toutes les apparences, avoit le
même dessein, se dressa sur ses pieds de der-

rière, et ouvrit une gueule hors de toute mesure,
de toute règle, de toute vraisemblance. La fille
en fut si troublée, qu'elle lâcha son coq ; le lion
me quitta pour courir après, et je quittai la fille
pour courir après le lion. Je l'eus bientôt atteint ;
mais ce ne fut pas assez tôt pour sauver le pauvre
coq qu'il avoit déja pris, et qu'il avala en notre
présence, comme on avaleroit un grain de cachou.

Cet affront m'anima d'un ressentiment nouveau ; j'en fus si transporté de colère, que, sans
m'apercevoir de l'état où le lion s'étoit mis, je lui
coupai la patte droite, dont il se tuoit de me faire
signe qu'il vouloit parlementer : la terre fut arro-
sée d'un ruisseau de sang qui couloit de cette
plaie. J'étois toujours en garde, ne doutant pas
que sa fureur ne lui fît redoubler ses efforts contre
moi : mais il ne songeoit à rien moins qu'à la vengeance ; au contraire, s'appuyant contre un arbre
pour se soutenir, il me regarda tristement, et me
dit : Ah, Facardin !

Je commençois à m'attendrir, et j'étois sur le
point de m'en approcher pour tâcher de le secourir, lorsque les cris de la fille m'appelèrent à
son secours. Elle retenoit de toute sa force le bateau qu'on nous avoit laissé : la corde s'en étoit

détachée pendant notre combat ; et, s'en étant
aperçue, comme c'étoit notre unique ressource,
elle faisoit des efforts merveilleux pour l'empêcher de nous échapper. Dès que je fus auprès
d'elle, voyant que je rattachois la chaloupe au
rivage, au lieu de nous y embarquer, elle pensa
se désespérer. Je lui dis que je mourrois plutôt
que d'abandonner, dans l'état où je l'avois laissé,
le pauvre lion qui m'avoit parlé ; que je l'allois
chercher pour le passer en terre ferme, et pour
lui donner tout le secours dont il pourroit avoir
besoin. Elle se désespéroit d'une proposition qui
lui parut extravagante, et me conjuroit à deux
genoux de ne la pas exposer avec moi, pour un
vieux lion mort, à la fureur de tous les lions vi-
vants de cette île. Elle eut beau dire ; je fus à l'endroit où je l'avois laissé ; mais ce fut inutilement
que je le cherchai par-tout à la ronde.

Je me rembarquai donc, assez honteux de ne
pouvoir, comme les autres, ramener un lion : mais
l'affliction de celle qui m'accompagnoit ne se peut
exprimer ; elle me dit qu'elle étoit déshonorée
par la perte de son coq, que c'étoit un opprobre
éternel pour toute sa famille, et qu'elle ne prétendoit pas survivre à cette infamie.

Tandis que je faisois mon possible pour la consoler d'un désespoir qui me parut assez bizarre, nous abordâmes au rivage du mont Atlas.

La nuit étoit presque fermée, je perdois beaucoup de sang, et je mourois de soif. Je m'étois attendu que mon écuyer, dont j'avois pris quelque soin, en le renvoyant malgré qu'il en eût, auroit à son tour quelque attention pour moi, et qu'il ne manqueroit pas de se trouver au pied du mont ou sur le rivage pour me recevoir; mais je n'y trouvai personne.

La fille que j'avois ramenée, se désespérant de plus en plus, prit enfin le parti de grimper au haut de la montagne, pour implorer le secours de Caramoussal, ou pour se précipiter, disoit-elle, du lieu le plus convenable à son désespoir, en cas que le magicien ne lui fût pas favorable. Je la suivis le plus long-temps que je pus, pour la détourner au moins de ce dernier projet. Mais l'ayant perdue dans l'obscurité, qui m'en déroba la vue dans les sentiers détournés qu'elle suivit, après avoir long-temps erré parmi les pointes de rochers, toujours en montant, je m'assis enfin dans le lieu le plus uni que je pus trouver, résolu d'y passer la nuit.

Je ne fus pas plus tôt en repos, que je crus entendre de loin le bruit agréable de quelque ruisseau qui se précipitoit en cascade le long des rochers de cette solitude. Je me sentois une soif si pressante que, sans égard à ma foiblesse, et moins encore aux dangers des précipices, je tournai mes pas vers l'endroit d'où venoit ce bruit. Je sentois bien que j'en approchois ; mais il m'eût été difficile d'y parvenir, si, à force de me tourmenter et de regarder de tous côtés, je n'eusse vu au-dessus de l'endroit où j'étois un foible rayon de lumière. Je le pris pour guide ; et, à mesure que j'en approchois, cette lumière sembloit augmenter, et je crus entendre comme un bruit de certains rouets dont les femmes se servent pour filer.

Je ne me trompois pas ; et, à la lueur de deux flambeaux fort gros et fort ardents, placés à chaque côté d'une misérable chaumière, je vis deux bras secs et décharnés avec deux mains assortissantes, qui, par deux ouvertures pratiquées dans la porte de cette chaumière, faisoient tourner la roue de cette machine, et filoient avec plus de grace qu'il ne leur appartenoit. Après avoir quelque temps considéré cette discrète et mystérieuse façon de filer, je poussai la porte sans y frapper, dans le besoin extrême où j'étois de trouver quelque secours.

La porte s'ouvrit sans efforts, et je vis la fileuse, dont toute la personne étoit bien digne du rare échantillon que j'en avois vu : son visage n'étoit qu'un vieux parchemin qui sembloit collé sur une tête de mort ; elle étoit nue jusqu'à la ceinture, et la plus sèche de toutes les carcasses ne l'étoit pas tant que cette misérable nudité ; j'en détournai la vue pour lui demander à boire. Rien ne vous manquera dans ces lieux, me dit - elle, pourvu que la patience ne vous manque pas, et que vous puissiez résister à votre envie, et vaincre votre aversion. A ces mots, m'embrassant avant que je pusse m'en apercevoir, elle me fit asseoir auprès d'elle ; et, voyant mes habits tout sanglants, elle en tressaillit ; et, tout alarmée d'un péril où je ne croyois pas être : Vous étiez mort, dit-elle, si le secours que je vais vous donner avoit été différé d'une heure. Elle me déshabilloit en me tenant ce discours ; et, visitant ma blessure depuis le haut jusqu'en bas, elle me serroit le plus affectueusement du monde entre ses vilains bras, et me baisoit de temps en temps les endroits qu'elle essuyoit.

Elle s'aperçut du dégoût mortel que j'avois de ses tendresses et de ses faveurs ; et, malgré ces marques d'aversion, n'ayant pas laissé de me frotter d'une essence qui parfumoit toute la cabane : Insensé, me dit-elle', si tu savois le trésor que tu rebutes, et que je vois bien que tu perdras, quels seroient tes empressements et ta reconnoissance !

Je me trouvai tellement rafraîchi, tellement remis, et tellement soulagé de ce premier appareil, que je vis bien qu'il ne seroit pas nécessaire d'en attendre un second pour être en parfaite santé. Il ne manquoit plus à mon bonheur que de pouvoir étancher ma soif, et de m'éloigner d'une telle hôtesse. Je la conjurai donc d'avoir pitié du premier et du plus pressant de mes besoins, puisque le secours qu'elle venoit de me donner seroit inutile, si elle me laissoit misérablement mourir de soif. Il faut donc vous mettre à une épreuve, me dit-elle, que je vois bien que vous serez incapable de soutenir : suivez-moi.

Elle eut toutes les peines du monde à se lever,

tant elle étoit décrépite ; et sa figure me donnoit tant d'aversion, que je n'eus pas le courage de la toucher pour lui aider à se soutenir. Elle étoit toute courbée ; et, malgré le bâton qui lui servoit d'appui, je crus qu'elle ne pourroit jamais se traîner hors de cette première chambre, la plus piètre et la plus délabrée qui soit au monde. La seconde me parut un peu plus raisonnable ; la troisième plus grande encore, et fort ornée : mais la dernière chambre où je la suivis étoit la plus magnifique et la mieux meublée qui soit dans l'univers ; c'étoit plutôt la demeure fabuleuse de quelque fée que l'appartement d'une mortelle. Ce n'étoit par-tout que glaces, que peintures exquises et meubles précieux : une toilette galante et garnie de tous les bijoux les plus rares, d'un côté ; de l'autre, un lit en broderie de perles orientales et d'or de la Chine, sembloient n'attendre que la déesse qui devoit se présenter à l'un et à l'autre : car, auprès de la toilette, je vis un déshabillé qui me parut celui d'une impératrice de dix-huit ans.

Nous avions été long-temps à nous rendre à cet appartement ; car, outre que la malheureuse vieille alloit fort lentement, elle avoit fermé la porte de chaque chambre avant que de m'y laisser entrer; et, passant ses deux mains au travers de chaque porte, elle se mettoit à filer pendant quelques moments, comme elle avoit fait la première fois. Ce retardement n'avoit fait qu'irriter ma soif; cependant j'en suspendis la violence pour donner toute mon attention aux objets qui s'offrirent dans cette dernière chambre.

La vieille interrompit cette attention; et, me prenant par la main : Allons, dit-elle, allons à la fontaine : ce que vous regardez est fait pour allumer des feux, et vous ne cherchez que de l'eau pour les éteindre; suivez-moi, je vais vous mettre à même. Je ne me le fis pas dire davantage. Cette fontaine n'étoit qu'à cinquante pas du bel appartement; et c'étoit l'eau de cette fontaine dont j'avois entendu le bruit, et que j'avois inutilement cherchée.

Dès que je me vis à portée de me satisfaire, je courus, la bouche ouverte, au plus gros bouillon qui sortoit des rochers; mais l'importune vieille, me retenant par le bras : Écoute-moi, dit-elle, pour la dernière fois : si, sans céder au desir **pressant d'étancher ta soif, tu peux te résoudre à me tenir une heure tout entière dans tes bras,** sans toucher à la fontaine, je te ramènerai dans le lieu d'où nous venons, et tu seras le maître de me voir auprès de toi le reste de la nuit dans le beau lit que tu viens de voir. A cette proposition, voulant me regarder tendrement, elle tournoit sur moi de petits yeux éteints, qui ressembloient plutôt à ceux de quelque cane morte de maladie qu'à ceux d'une créature humaine.

Pour moi, dans l'indifférence où j'étois alors, et dans l'ardeur d'une soif démesurée, j'aurois préféré trois verres d'eau claire aux trois Graces : c'est pourquoi, repoussant assez rudement la main dont elle me retenoit, je me précipitai vers la fontaine, et je me mis à avaler avec tant d'avidité, que j'eus peur de voir tarir le rocher avant que d'avoir étanché ma soif.

La vieille, à qui je n'avois pas jugé à propos de sacrifier ce plaisir, s'en étoit retournée pendant que j'avois bu ; et, selon les apparences, elle s'en étoit allée de méchante humeur ; ce fut de quoi je ne me mis pas beaucoup en peine. Je me trouvois dans une douce tranquillité ; le sommeil s'offrit, et je l'acceptai sans aller plus loin.

Il étoit grand jour quand je m'éveillai ; je fus

surpris de me trouver dans le lieu le plus ef-
frayant qui fût dans l'univers : je tournois de tous
côtés les yeux sans pouvoir comprendre comment
j'avois pu parvenir à ce désert, ni comment j'en
pourrois sortir : la fontaine où j'avois bu sortoit
de la pointe d'un rocher qui sembloit détaché du
reste de la montagne, et je me trouvois justement
sur cette pointe. Je vis le haut de la chaumière et
de ce palais enchanté que j'avois tant admiré pendant la nuit : mais un précipice si profond le sé-
paroit de l'endroit où j'étois, que les cheveux
me dressoient à la tête toutes les fois que j'y regardois. Tous les autres côtés étoient ceints de
rochers escarpés qui, loin de m'offrir un passage, sembloient se pencher en avant pour tomber sur moi.

Comme j'étois fort assuré que ce n'étoit point
en me transportant au milieu des airs qu'on m'a-
voit mené dans ce lieu, je m'obstinai dans la re-
cherche périlleuse de quelque issue ; j'en trouvai
donc une, après en avoir désespéré : c'étoit l'entrée d'une caverne qui me parut fort obscure,
fort profonde, et qui paroissoit plutôt la retraite
de quelque ours, que le passage heureux de cette
solitude à des lieux moins épouvantables. Je tentai

pourtant l'aventure ; et, mettant l'épée à la main,
je descendis long-temps dans cette caverne ténébreuse, sans espérance d'y trouver d'autre sortie
que celle qui lui servoit d'entrée : mais, après
mille difficultés, je sentis enfin que le terrain s'élevoit; j'aperçus un foible rayon de lumière, qui
me conduisit à l'endroit par où le jour pénétroit
dans cet abîme souterrain.

Cette autre embouchure étoit toute différente
de celle par où j'y étois entré : c'étoit une grotte
assez spacieuse, embellie de coquillages, et de
quelques bustes de marbre : un arc d'acier luisant et poli pendoit d'un côté de cette grotte; de
l'autre, je vis un carquois enrichi d'or et de quelques pierreries, avec toutes ses flèches: une grande
cage d'ébène, garnie d'ivoire, pendoit du plafond
au milieu de cette grotte. .

J'étois si pressé de me tirer du mauvais pas où
je m'étois engagé la veille, que je ne m'amusai
point à faire des réflexions sur ce que je voyois :
je sortis de cette grotte avec précipitation, et je
faillis à passer par-dessus quelque chose de brillant qu'on avoit laissé tomber à deux pas de la
porte : c'étoit un soulier dont la boucle étoit
formée de quatre diamants, les plus parfaits et

les plus brillants que j'eusse jamais vus ; mais ce soulier étoit si bien fait, et sembloit si petit, que je ne songeai pas au prix inestimable de sa boucle.

Comme j'avois lu dans nos poëtes que Pallas faisoit trembler la terre, et qu'elle agitoit les forêts en marchant, et que l'immortelle Junon ne faisoit qu'une enjambée du mont Ida jusqu'à l'île de Samos, je me doutois bien que je n'avois pas trouvé le soulier d'une déesse ; mais je résolus, s'il étoit possible, de trouver la mortelle dont le pied pouvoit être digne d'un tel soulier.

Je l'emportai sans espoir d'en être long-temps en possession, ne doutant pas qu'il n'appartînt à celle dont je venois de voir l'équipage de chasse dans la grotte, ou bien à cette autre nymphe invisible dont j'avois vu la toilette dans un des appartements de la vieille. J'étois en doute si je devois m'y rendre pour la chercher, ou si je devois rester auprès de cette grotte jusqu'à ce qu'on y vînt chercher ce que je venois de trouver, lorsque je fus entraîné loin de l'une et de l'autre par des gémissements et des lamentations, qui sembloient partir d'un endroit beaucoup plus élevé. Comme c'étoient des cris de femme, j'y grimpai

le plus promptement qu'il me fut possible; car,
depuis la rencontre de ce soulier, je me sentois
le cœur merveilleusement attendri pour un sexe
que je n'avois jusqu'alors regardé qu'avec indifférence.

Celle qui se désespéroit n'étoit autre que la
nymphe au coq : dès qu'elle me vit, elle se mit
à genoux devant moi, pour me prier de lui passer
mon épée au travers du corps. Je n'avois garde
de lui accorder cette grace ; car je me sentois déja
quelque penchant pour elle. Je la relevai respec-
tueusement, et, voulant m'asseoir à ses pieds pour
l'écouter, après l'avoir assurée que j'étois prêt à
hasarder ma vie pour la tirer de l'embarras où je
la voyois, elle me regarda depuis les pieds jusqu'à
la tête, comme si jamais elle ne m'eût vu ; et, se
tournant de côté : Mettez-vous donc plus loin,
dit-elle ; car vous me paroissez si désagréable,
que je ne saurois vous souffrir auprès de moi.
J'obéis avec soumission ; et l'impertinente, détournant la tête pour ne me pas voir pendant
qu'elle me parleroit, me parla de cette manière :

Avant que de vous apprendre le sujet d'un désespoir qui vous paroît peut-être ridicule, il faut
vous apprendre que les coqs que vous avez vus ne

II. 3

sont confiés qu'aux filles d'entre nous qui, comme
moi, sont distinguées par la naissance ou par le
mérite. Il se fait dans notre province trois chasses
solennelles chaque année, semblables à cette malheureuse chasse que vous vîtes hier; et les filles
qui, par le chant de leurs coqs, ont ramené douze
lions en quatre années, ont pour époux l'amant
qui les a servies pendant ces quatre années. Elles
voient leurs amants jour et nuit pendant ce temps;
mais il y va de la vie de les favoriser avant la prise
des douze lions. Si le coq s'échappe, c'est signe
qu'il y a eu quelque petite foiblesse dans notre
conduite; ce qui n'est pourtant pas capital, en
cas que le coq se retrouve : mais, s'il ne se retrouve pas au bout de trois jours, c'est la preuve
convaincante d'un commerce criminel; et, sur
cette preuve, la fille est enterrée toute vive. Voilà
le sujet de mon désespoir; mon coq ne reviendra
plus, puisque ce maudit lion l'a dévoré devant
mes yeux. Misérable que je suis! que ne m'a-t-il
aussi dévorée? que ne suis-je morte avant que
d'avoir connu le plus aimable de tous les hommes? ou pourquoi tous les hommes que j'ai connus n'étoient-ils pas aussi haïssables que vous?
Un autre se seroit révolté contre les duretés qu'elle

me disoit en face ; mais plus j'en étois maltraité, plus je la trouvois merveilleuse ; et je cherchois des termes pour lui marquer mon désespoir et ma tendresse naissante, lorsque son amant parut inopinément. Je le reconnus pour un de nos chasseurs du jour précédent : elle le reconnut aussi ; car elle courut à lui les bras ouverts, ravie, lui disoit-elle, de revoir encore une fois la lumière de ses chers yeux, avant qu'elle fût privée de celle du jour.

Cet amant étoit fort camard, son teint étoit couleur d'ardoise, et les chers yeux dont elle parloit étoient de ces yeux chinois qui ne savent ce que c'est que de s'ouvrir. Après s'être embrassés le plus tendrement du monde en ma présence, il lui dit que, s'étant douté de son malheur, il avoit fait provision d'une chaloupe qu'il tenoit toute prête au pied de la montagne, et qu'il l'enlèveroit sans obstacle, pourvu que je voulusse bien, moi qui l'avois réduite à cette extrémité, les garantir, pour une heure seulement, du sauvage de la vieille. Et qui est le sauvage de la vieille ? lui dis-je. Vous ne le saurez que trop tôt, me dit-il ; car il cherche de tous côtés le soulier de sa dame, que je vous vois. En achevant de parler, il prit sa

3.

bien-aimée sous le bras, et se mit à descendre vers la mer d'une extrême vitesse. J'en eus d'abord quelque espèce de jalousie ; mais, dès qu'ils eurent le dos tourné, je n'y songeai plus. Il m'étoit arrivé tant de choses en si peu de temps sur cette montagne, que je croyois rêver ; cependant je n'étois pas encore au bout ; car...

C'est bien vous qui rêvez, dit l'impatiente Dinarzade en l'interrompant : on vous demande le récit de vos aventures particulières, que vous auriez dû conter très succinctement dans la conjoncture où nous sommes ; et, au lieu de cela, vous nous venez conter celles d'un autre, avec des circonstances aussi frivoles qu'elles sont ennuyeuses...

Eh ! que t'importe, malheureuse que tu es, s'écria le sultan, quelles aventures il nous conte, pourvu qu'elles me plaisent, et que le récit en dure autant que la nuit ? Avons-nous quelque chose de mieux à faire que de leur donner audience ? Poursuivez, Facardin, ajouta-t-il, et n'ayez point d'égard à l'impatience de ces créatures, qui s'ennuient toujours quand elles ne parlent pas elles-mêmes.

Dinarzade haussa les épaules. La belle sultane,

qui s'étoit mise entre deux draps mille nuits de suite pour des contes à dormir debout, leva les yeux au ciel ; et l'acardin de Trébizonde reprit ainsi son discours :

J'ai, s'il m'en souvient, été interrompu dans cet endroit du récit de l'étranger, où il m'assura qu'il avoit cru rêver en songeant à la diversité des évènements qu'un si petit espace de temps avoit fait naître. Je redescendis, poursuivit-il, pour me rendre à l'entrée de la grotte d'où j'étois sorti le matin ; mais, au lieu de prendre le sentier par où j'étois monté, j'en suivis un autre qui me conduisit par un pénible détour à la cabane de la vieille. La porte en étoit ouverte ; j'y vis les rouets ; mais ils ne tournoient plus. Je ne me sentois plus tant d'aversion pour une vieille dont la figure m'avoit si fort dégoûté ; je résolus d'entrer chez elle pour revoir les merveilles de ce bel appartement. Je tenois ce beau soulier dans ma main, et je ne cessois de le regarder ou de le baiser, comme j'aurois fait le portrait d'une maîtresse passionnément aimée.

Comme j'étois sur le point d'entrer dans la cabane, il en sortit une espèce de géant armé d'une puissante massue, et velu depuis les pieds jusqu'à

la tête. Son abord me surprit ; car il avoit beaucoup moins d'humanité dans le geste et moins
d'affabilité dans le regard, que ce lion que j'avois
combattu le jour précédent. La première chose
qu'il fit, en me voyant, fut de prendre sa massue
à deux mains, et de grincer les dents comme un
ours ; la seconde fut de louer le ciel de ce que le
voleur des deux souliers de sa dame tomboit entre
ses mains ; qu'il falloit bien que j'eusse volé le
premier, puisque j'étois encore saisi de l'autre ;
et il m'assura qu'il auroit déja arrosé la terre du
peu de cervelle que les dieux m'avoient donné,
si la vieille, sa souveraine, ne s'étoit réservé la
punition de mes crimes par des tourments tout
nouveaux.

Je crus que c'étoit la voix de quelque taureau
qui me faisoit ce compliment. Du même ton, il
m'ordonna de lui livrer le soulier, et de le suivre. Je te l'ôterois, me dit-il, avec plus de facilité que je ne te le demande ; mais il faut,
suivant les ordonnances de ma souveraine, que
ce soit la frayeur que tu as de moi qui te le
fasse rendre, en te mettant à deux genoux en ma
présence.

Si c'est là l'ordre de ta souveraine, lui dis-je,

va-t'en l'assurer de ma part que ni toi, ni tous les loups-garoux de ta race ne me feroient point rendre un soulier que j'adore, et que je n'ai point volé. A ces mots, je mis l'épée à la main, voyant que ce dromadaire de sauvage levoit sa massue pour m'assommer.

Il étoit d'une force prodigieuse ; mais, comme il n'étoit pas fort adroit, et que la fureur le transportoit, j'évitois des coups dont les moindres brisoient les rochers, et renversoient les chênes qui se trouvoient auprès de moi : cependant je lui tirois du sang à chaque fois qu'il me manquoit. Je crois que je serois sorti de ce combat sans en perdre, si ma destinée n'eût été soumise aux égratignures dans ces lieux de prodiges. Je ne m'étois pas aperçu que le monstre avoit un ongle au gros doigt du pied, qui pouvoit passer pour une des défenses du sanglier d'Érimanthe : mais je le sentis à la fin ; car, m'étant baissé pour éviter un coup de massue qu'il fit semblant de me porter, il prit son temps pour me faire une estafilade qui ne cédoit guère à celle du lion. Cet affront me mit dans une telle colère, que je lui coupai d'un furieux revers la jambe du pied dont il venoit de me faire cette belle plaie. Il tomba

comme une tour, et fit trembler la terre par sa
chute.

Je me jetai sur lui, dans le dessein de lui couper cette vilaine hure qui m'avoit tant déplu,
lorsqu'une voix, qui sortoit de la cabane, me
cria : Vaillant chevalier, ne tuez pas mon sauvage. J'obéis; et, le laissant là, j'entrai dans le
lieu d'où je crus que cette voix étoit sortie, résolu de présenter à la vieille le soulier qu'on n'a-
voit pu m'ôter de force, et de lui faire voir que je
ne l'avois pas pris comme un voleur. Je m'imaginai qu'il étoit à sa fille ou à quelque nièce,
dont j'avois vu l'appartement et les habits la nuit
précédente.

Mais j'eus beau parcourir toutes les chambres
de cette demeure, je n'y trouvai personne; et,
dans cette belle chambre où j'avois vu la toilette,
je ne vis qu'une partie des habits que j'avois vus
la première fois. Je revins sur mes pas pour tirer
quelque éclaircissement du sauvage sur cet enchantement; mais je ne le trouvai plus.

Quoique je perdisse beaucoup de sang, je n'en
étois presque point affoibli : je me sentois seulement pressé d'une faim égale à la soif qui m'avoit
attiré sur cette montagne. Je voulus chercher de

quoi la satisfaire où j'avois trouvé de quoi satisfaire ma soif ; mais la porte se ferma sur moi,
sans que tous mes efforts pussent l'ouvrir. Mon
unique ressource étoit la grotte : je la cherchai
par mille sentiers rudes et détournés, sans pouvoir la découvrir ; et peut-être ne l'aurois-je jamais trouvée, si l'odeur de quelques mets qu'on
sembloit y préparer ne m'y eût conduit. Je ne
pouvois suivre de guide plus agréable dans l'état
où j'étois : j'y parvins donc à la faveur de ce secours, et j'y parvins pour m'y confirmer de plus
en plus que j'étois au milieu d'un songe.

Je fus ébloui de la figure céleste que je vis dans
cette grotte : c'étoit une nymphe en habit de
chasse. Elle étoit à moitié couchée sur un riche
canapé ; et, dans cette posture, je crus que la
déesse des amours avoit emprunté les habits de
Diane pour suivre quelque nouvel Adonis : sa
gorge étoit découverte d'un côté ; et ce côté découvert valoit, à mon gré, tous les trésors que la
terre, la mer, et toutes les beautés de l'univers
peuvent cacher : sa jupe étoit ouverte, et ratta-
chée au-dessus du genou par une agraffe de diamants, pareils à ceux qui formoient la boucle de
ce beau soulier : la jambe que cette ouverture

laissoit voir n'étoit pas la jambe d'une mortelle.

Elle me la présenta, cette belle jambe ; et, tournant les yeux sur moi : Quoique mon cœur soit partagé, dit-elle, entre l'aversion que je me sens pour votre personne, et le cas que je fais de votre mérite, je veux vous offrir les moyens d'être heureux, et de contribuer à mon bonheur. Vous tenez mon soulier, poursuivit-elle, et la témérité d'avoir osé le toucher est en quelque sorte effacée par la valeur dont vous l'avez défendu : si vous l'aviez livré quand on vous l'a demandé, c'étoit fait de vous, de vos espérances et des miennes. Chaussez-moi, afin que vous soyez convaincu que ce soulier m'appartient.

J'obéis avec un certain respect mêlé d'empressement ; et, pendant ce service que je lui rendois, j'étois si transporté, que je ne savois plus ce que je faisois. Après lui avoir mis ce soulier, avec la plus grande facilité du monde, elle m'ordonna de l'ôter, et me demanda ce que j'étois venu chercher dans cette grotte. Ce ne fut qu'alors que je m'en souvins ; et je lui dis d'un air tendre et passionné que je mourois de faim, comme si je lui eusse dit que je mourois d'amour.

Eh, quoi ! dit-elle, toujours des besoins igno-

bles ! Vous entrez hier chez la vieille pour boire,
et vous ne venez aujourd'hui chez moi que pour
manger ! Il n'importe ; mais voyons, avant que
de passer outre, si vous méritiez le malheur que
vous avez eu de boire, et si vous êtes digne de
la gloire que vous aurez après avoir bien mangé.
Voyons enfin si vous êtes digne de la fortune
que vos destins semblent vous promettre. Prenez cet arc, et voyons de quelle manière vous
vous y prendrez pour le tendre. Je le pris, ne
doutant pas que je n'en vinsse à bout aussi facilement que j'avois fait de la chausser : mais ce
ne fut qu'après des efforts qui me firent suer à
grosses gouttes, que je réussis. Dès que j'eus fait,
la corde de cet arc rendit un son si harmonieux,
que rien ne pouvoit l'égaler que le son que fit
entendre dans ce moment la belle cage en s'ou-
vrant. Il en sortit quelque gros oiseau que je ne
vis pas ; mais il en sortit d'un vol si bruyant, que
j'en tressaillis.

La nymphe, surprise de l'aventure que j'avois
mise à fin, me regarda depuis la tête jusqu'aux
pieds : mais, détournant aussitôt les yeux, comme
de quelque objet d'horreur : Prenez une des flèches de ce carquois, me dit-elle, sortez de la

grotte, levez les yeux, et tâchez de percer de
cette flèche ce que vous verrez en l'air. Je sortis,
et crus voir une mouche bien loin au-dessus de
ma tête ; comme, après avoir bien regardé, je
n'y voyois autre chose, je décochai la flèche de
toute ma force: je la perdis bientôt de vue; et,
dans le temps que je la croyois dans la moyenne
région des airs, tant elle fut long-temps à redes-
cendre, je la vis tomber à mes pieds avec un gros
coq qu'elle perçoit de part en part.

La nymphe accourut, retira sa flèche, et lâcha
le coq, qui, prenant l'essor comme si de rien
n'étoit, se reperdit dans les airs.

Après cet exploit, la belle chasseresse me regardant avec quelque sorte de respect, quoique
avec la même aversion : Oui, dit-elle, vous méritez que je vous charge du soin de ma délivrance :
mais, s'il faut que je vous la doive, comment
pourrai-je me résoudre à passer mes jours avec
un homme si peu aimable et si digne d'être
aimé ? Prenez mon soulier; gardez-le bien : par-
courez toute la terre, et ne vous rendez auprès
de moi que quand vous aurez trouvé un pied à
qui vous puissiez le chausser, une femme qui
veuille de vous, ou bien un coq qui vole aussi

haut que celui que vous venez de voir. Quand
vous m'aurez amené une de ces trois merveilles,
il ne vous restera plus que d'avoir les bonnes
graces de la vieille pour avoir les miennes. Sans
cette dernière condition, et l'une ou l'autre des
premières, je serai toujours malheureuse, et vous
ne serez jamais heureux. Mais, avant que de
vous éloigner de moi pour chercher ces aventures, il faut tenter la première. Il vous souvient, je crois, que, quelque prière qu'on vous
ait pu faire, la nuit passée, de ne point boire,
vous n'avez pas laissé de le faire ; c'est pourquoi
quelque horreur que vous puissiez avoir de ce
qu'on va servir devant vous, mangez-en sans que
je vous l'ordonne.

Je ne demandois pas mieux, ne croyant pas
qu'avec la faim extrême qui me dévoroit on pût
rien servir chez une personne si délicate, si propre et si charmante, qui pût me dégoûter : mais
je pensai m'évanouir lorsque je vis le plat qu'on
me présenta. Vous ne devineriez jamais, seigneur
chevalier, le détestable ragoût que c'étoit ; c'est
pourquoi je ferai bien de vous dire qu'on me
servit la jambe du sauvage, sans oublier le pied
et l'affreux ongle dont il étoit garni.

Les cheveux m'en dressèrent à la tête, le cœur me souleva, et j'allois sortir pour ne plus voir cet objet odieux, lorsque la nymphe, sans me parler, fit un grand soupir, et me jeta quelques regards de pitié mêlés d'indignation. Cela me détermina : je fermai les yeux, j'arrachai à belles mains un morceau de cette chair, que je mangeai à belles dents. Je voulus me retirer après cet effort, lui protestant que je n'aurois plus besoin de manger de plus de quatre jours. Elle me parut toute radoucie ; ses regards s'arrêtèrent sur les miens, et j'en fus si transporté que je mangeai encore un morceau. Elle s'approcha de moi, et me dit, en s'appuyant contre mon épaule, qu'elle ne me prieroit pas d'achever ; mais que je n'avois rien fait sans cela. Le charme fait son effet, disoit-elle, en me regardant tendrement. Le premier enchantement va se dissiper, je le sens par mon cœur ; si vous persévérez jusqu'à la fin, vous n'aurez pas loin à aller pour trouver une personne qui vous aime ; mais si vous quittez ce lieu, si votre repas est interrompu avant que d'être achevé, vous serez plus désagréable que jamais.

Toutes ces paroles m'entroient dans le cœur,

et me montoient à la tête, que c'étoit une merveille; elles animoient mon courage; mais elles
n'augmentoient point mon appétit. Cependant,
quoiqu'il y eût à manger devant moi pour dix personnes affamées, je résolus de n'y rien laisser,
puisque telle étoit la condition de cette épreuve;
et je me mis en devoir de tout avaler, ou de cre-
ver noblement aux yeux de ma divinité.

Ce fut au fort de cette magnanime résolution
que mon maudit écuyer, qui, selon les apparences,
me cherchoit depuis long-temps, fit retentir les
rochers d'alentour du nom de Facardin. La nymphe en pâlit; et, voyant que c'étoit moi qu'on
cherchoit, elle se jeta dans le passage souterrain
de la grotte, et me laissa plus confondu, plus
surpris et plus désolé que je ne puis vous le dire.
Je l'avois vue se radoucir pour moi: la blessure
que le sauvage m'avoit faite s'étoit guérie pendant que je mangeois sa jambe; la présence de la
plus belle créature de l'univers, appuyée contre
moi, m'avoit soutenu contre le dégoût de cette
épreuve: les choses qu'elle m'avoit dites me rem-
plissoient de force et d'espérance, et je ne comprenois pas trop comment sa bonne volonté pour

moi s'étoit changée tout-à-coup, pour avoir seulement entendu mon nom.

Je quittai l'horrible repas que j'avois commencé; je courus à l'entrée du passage souterrain par lequel elle venoit de se sauver; mais, dès que je me présentai pour la suivre, un vent impétueux, non-seulement m'en défendit l'accès, mais m'accueillit avec tant de violence, qu'il m'enleva de terre, et me porta hors de la grotte : la porte se ferma d'elle-même dès que j'en fus dehors. Cette porte avoit deux trous comme la porte de la vieille : deux bras, plus beaux que le jour et plus blancs que la neige, passèrent par ces deux trous; un rouet d'ébène, garni d'or, se plaça vis-à-vis, et la filerie recommença de plus belle. Je ne doutai plus que la divinité que je venois de voir ne fût la fille de la vieille, et que l'amusement de filer ne fût extrêmement du goût de cette famille enchantée.

Je m'avançois pour m'aller mettre à deux genoux devant la nymphe dont je ne voyois que les bras, pour la conjurer de m'ouvrir la porte et de me recevoir à miséricorde, lorsque mon écuyer, **m'ayant enfin découvert, se remit à brâiller plus** fort que jamais en m'appelant par mon nom. Les belles mains se retirèrent aussitôt, le rouet disparut ; et de la grotte, dont la porte s'ouvrit avec violence, le même vent sortit, et nous poussa tous deux en roulant jusqu'à cet endroit de la montagne d'où j'avois vu, pendant la nuit, la première lueur qui m'avoit conduit à la demeure de la vieille.

Ce fut là qu'après être un peu revenus de notre étourdissement, mon écuyer me dit que je l'avois échappé belle, et me conjura de descendre au plus vite, et de me sauver, tandis que je le pouvois encore. Et comment vous êtes-vous avisé, poursuivit-il, de grimper sur cette maudite montagne, toute farcie de sorciers et d'enchantements, pour vous dérober à la poursuite de tout le peuple ? Je vous attendis sur le rivage jusque bien avant dans la nuit ; et, croyant que vous auriez pu débarquer en quelque autre endroit pendant que je vous attendois inutilement dans celui-là, je gagnai le prochain hameau pour vous y chercher. Ce fut là que j'appris de belles nouvelles ; car on me dit que vous aviez séduit ou forcé la fille qu'on vous avoit laissée ; que son coq étoit perdu ; qu'on vous avoit vus débarquer

II. 4

ensemble, et que vous aviez tous deux gagné le
haut de la montagne, pour vous dérober aux
poursuites de la justice; mais que tous les habitants de la campagne se mettroient en armes le
lendemain pour vous prendre l'un et l'autre, et
que vous n'échapperiez pas à leur vengeance.

En effet, toute la populace des lieux circon-
voisins s'est assemblée à la pointe du jour; le
conseil s'est tenu; les troupes se sont mises en
marche; et, se répandant de tous côtés, une partie de cette multitude s'est mise à investir le
pied de la montagne pour vous boucher le passage, tandis que l'autre montoit en se dispersant
par tous les sentiers pour vous prendre. Je vous
ai cru perdu, mon cher maître; on m'avoit saisi,
de peur que je ne fusse vous donner l'alarme; et
l'on m'assuroit qu'on me feroit l'honneur de par-
tager avec vous le supplice qu'on vous destinoit.
Je ne pouvois me consoler de voir qu'un homme,
aussi sage et aussi retenu que vous aviez toujours
été sur ces sortes de foiblesses, se fût misérablement perdu pour une maudite guenon de campagne et son coq de pailler.

Au milieu de ces douloureuses réflexions, des
cris soudains, qui s'élevèrent au pied de la mon-

tagne du côté de la mer, achevèrent de me désespérer; car le bruit se répandit par-tout qu'on
vous avoit surpris, justement comme vous alliez
vous embarquer avec votre nouvelle maîtresse
pour vous sauver. Mais quelle fut ma joie lorsque
je vis la prisonnière! C'étoit un de nos chasseurs
d'hier qu'on ramenoit avec cette fille. Leur sentence fut prononcée sans autre forme de procès;
et, quoiqu'ils niassent le fait, l'amant, qui devoit
être l'exécuteur, fit une fosse dans laquelle il
mit sa maîtresse jusqu'au cou, après s'être tendrement embrassés. Cette fosse fut comblée de
terre autour d'elle; et, comme on ne lui voyoit
plus que la tête, que bientôt on ne devoit plus
voir, on entendit chanter un coq au milieu des
airs.

Toute la populace leva les yeux; on entendit
un second cri, mais on ne vit rien. A la fin pourtant, un des plus apparents de cette assemblée
tira de sa poche une lunette astronomique, et
soutint que c'étoit un moucheron qui contrefai-
soit le coq; l'amant soutint que c'étoit le coq de
sa maîtresse, et jura par le grand Caramoussal
qu'il le reconnoissoit à sa voix.

Pendant cette dispute, un véritable **coq**, qui

s'étoit guindé plus haut que jamais oiseau de son
espèce n'avoit fait, descendit des cieux, et vint
se poster sur la tête qu'on alloit ensevelir sous
la terre; les cris redoublés que poussoit toute
l'assemblée ne l'effrayèrent pas; il garda son
poste, tandis que tout le peuple se tuoit de dire
que cette espèce de prodige étoit une preuve
convaincante de l'innocence de l'accusée : mais,
comme on s'approcha d'elle pour la déterrer, le
coq alongea le cou, battit des ailes, chanta trois
fois; et, s'étant élevé comme auroit fait un fau-
con, dans un instant on le perdit de vue. Cela
fit juger aux principaux des spectateurs qu'il y
avoit eu quelque chose à redire à la bonté qu'elle
avoit eue pour son amant. Mais, comme le coq,
en battant des ailes sur sa tête, lui avoit crevé
l'œil gauche, on jugea que c'étoit la punition de
quelques tendres indulgences, et on la déclara
pleinement justifiée du crime capital.

On l'a donc délivrée sur-le-champ, et de la
fosse, et de toutes ses appréhensions; le peuple
l'est allé conduire chez ses parents; et, tandis
qu'on met le premier appareil à son œil, je viens
ici vous conjurer de vous sauver, et de vous éloigner d'un pays où les montagnes sont pleines

d'enchantements ; les îles, de lions ; et le continent, de coqs et d'habitants qui ne valent guère mieux.

Je connus la vérité de son récit par les choses qui m'étoient arrivées au haut de la montagne : je suivis donc son conseil, et nous sortîmes sans obstacle de ce lieu de prodiges et d'événements incompréhensibles. Plus je repassois dans mon esprit ce que j'y avois vu, moins je pouvois me persuader que tout cela fût réel : ce lion qui m'avoit parlé, cette vieille qui m'avoit témoigné tant de bonne volonté, cette fille qui m'avoit pris en aversion, la divinité qui m'avoit prescrit des choses impossibles, l'eau que j'avois bue si avidement, et le repas que j'avois commencé avec tant d'horreur, me paroissoient autant d'illusions : cependant je me trouvois en possession du précieux soulier, et c'étoit assez pour m'assurer que tout le reste étoit véritable.

A la première ville de conséquence qui s'offrit sur mon chemin, je fis faire le casque que vous voyez ; et sur ce casque, le coq enrichi de pierreries, qui bat des aigles, et qui paroît chanter, renferme le soulier merveilleux que je vais vous montrer.

A ces mots, le courtois étranger, ayant ouvert
le coq, en tira cette merveille qu'il m'avoit tant
vantée, et que renfermoit la figure d'un coq que
j'avois d'abord pris pour un aigle. Je vous avoue-
rai, très illustre empereur, que j'en fus saisi d'é-
tonnement ; c'est un chef-d'œuvre que ce soulier,
pour sa forme, pour sa grace, et pour sa petitesse ; sa vue seule me donna de l'émotion, quoique je fusse persuadé que c'étoit plutôt un ouvrage fait à plaisir, que pour l'usage de qui que
ce pût être. Le bel étranger eut beau protester
qu'il l'avoit chaussé à la belle chasseresse, je n'en
crus rien : enfin, après l'avoir tenu long-temps
entre mes mains, après l'avoir tourné de tous les
côtés, et après l'avoir baisé avec la permission
de celui qui me le montroit, il fut remis dans le
cimier du casque ; et Facardin de la Montagne
reprenant son histoire :

Je ne veux point, seigneur, dit-il, vous amuser
par le récit frivole des aventures qui me sont arrivées depuis : ce seroit vous faire un détail ennuyeux des mépris, des insultes et des affronts
que j'ai essuyés par-tout où j'ai offert mes vœux.
**Je ne voyois point de femmes que je ne crusse
dignes de ma tendresse, et pas une de ces femmes**

ne me voyoit sans croire ma tendresse indigne d'elle. Les beautés qui n'étoient plus dans la première jeunesse me préféroient leurs écuyers, et les autres me quittoient pour le mien. Cependant pas une ne refusa l'épreuve du soulier, et pas une n'y put mettre le bout du pied. Il ne me restoit donc aucune espérance que dans la rencontre d'un coq qui s'élevât aussi haut que celui de la belle chasseresse, c'est-à-dire, d'un coq qui volât comme un aigle ; et c'est ce qui me paroissoit aussi difficile à trouver qu'une femme qui pût m'aimer, ou qu'un pied qui convînt au beau soulier.

J'avois déja parcouru les provinces de l'Afrique et de l'Asie dans ces recherches inutiles, et j'étois sur le point de m'embarquer au port de Sidon pour passer en Europe, lorsque les ambassadeurs de Fortimbras à la grand'bouche, roi de Danemarck, y débarquèrent. Ils me dirent qu'ils alloient faire un tour vers la Bactriane, pour y chercher une bouche de la taille de celle du roi leur maître ; mais qu'ils croyoient leur voyage inutile, quelque assurance qu'on leur donnât du contraire ; et, pour m'en convaincre, ils ouvrirent une cassette d'or, dont ils tirèrent la mesure de cette bouche royale; et cette mesure étoit la mesure d'un pied géométrique.

Je leur dis que j'avois beaucoup voyagé sans avoir vu, dans tous mes voyages, de bouche qui pût en approcher; mais je les suppliai de me dire ce que le roi, leur maître, prétendoit faire d'une autre bouche aussi énorme que la sienne, quand même il seroit possible d'en trouver. Ils me dirent que cette curiosité lui étoit venue par une aventure fort bizarre qu'ils n'avoient pas le temps de me conter; et sur cela le chef de l'ambassade, qui me parut un homme de conséquence, poussa deux ou trois grands soupirs, et se mit à pleurer. Les autres lui tinrent compagnie, et j'avois déja les larmes aux yeux, aussi-bien que mon écuyer, sans savoir pourtant de quoi ces vénérables ambassadeurs pleuroient, lorsque le premier se mit à dire: Ah, ma chère patrie! je puis bien te dire adieu pour jamais, puisque l'espérance de te revoir nous est interdite, à moins que nous ne puissions retourner vers tes heureux rivages avec deux choses qu'on nous envoie chercher, et que toute la terre ne sauroit nous fournir.

Comme je ne doutai point que la grande bouche ne fût une de ces deux choses, je les priai de m'apprendre ce que c'étoit que l'autre. Ils me dirent que l'invincible Fortimbras, leur maître, avoit une fille qui s'appeloit Sapinelle de Jutlande; qu'il aimoit cette fille à la folie, parceque c'étoit la plus belle princesse qui fût dans l'univers; qu'il y avoit deux ans qu'elle étoit devenue presque folle; que le roi son père, qui ne lui refusoit rien, avoit, à sa prière, fait pendre tous les cordonniers de Danemarck, parceque pas un de ces cordonniers n'avoit pu lui faire des souliers assez petits pour le plus beau de tous les pieds, dont la nature l'a pourvue; que les cordonniers des pays étrangers, informés de sa méchante humeur et du sort de leurs confrères, avoient tous refusé de travailler pour elle; qu'à la fin le roi son père, cédant à la tendresse qu'il a pour elle, avoit fait publier par tous ses états que quiconque chausseroit la belle Sapinelle, sa fille, l'auroit pour sa peine, à condition toutefois qu'il seroit pendu, comme les autres cordonniers, s'il l'entreprenoit sans en venir à bout. Et nous, misérables ministres d'un maître absolu et d'une maîtresse visionnaire, nous avons dans nos instructions de **trouver ce petit soulier avec cette grande bouche, ou de ne jamais remettre le pied dans les plaines**

fertiles de notre bienheureuse patrie. Voilà, me
dirent-ils, les deux belles commissions dont nous
sommes chargés : jugez si c'est avec raison que
nous renonçons à l'espoir de revoir notre terre
natale.

Le bon ambassadeur pleuroit comme un enfant, en faisant cette réflexion. Son récit m'en
fit faire quelques-unes à mon tour ; je rêvai quelque temps aux conditions de l'édit dont il venoit
de parler ; je lui demandai, si par hasard on présentoit à cette Sapinelle un soulier qui lui fût trop
petit, ce qui en arriveroit. Car, quoique je m'i-
magine, lui dis-je, que c'est une marionnette
pour la taille, on peut aisément faire un soulier si
petit, qu'une marionnette n'y mettroit pas le pied.

Le chef de l'ambassade parut indigné de la
comparaison ; et, me regardant d'un air de mépris : Jeune homme, me dit-il, quand vous aurez
un peu vu le monde, vous apprendrez à ne pas
profaner, par le nom de marionnette, des beautés
dont la réputation n'est ignorée que de vous et
de vos pareils. Si jamais la fortune vous conduit
aux pieds de la princesse de Danemarck, vous
verrez quels pieds ce sont, et vous avouerez que
sa taille ne cède au monde qu'à celle de Mousse-

line la Sérieuse. Ce n'est donc pas tant la petitesse
d'un pied qui paroît proportionné à cette taille
avantageuse, que le tour, la grace et la conformation inouïe de ce beau pied, qui fait qu'il n'y a
point eu jusqu'à présent de soulier qui pût y con-
venir. Mais supposé, seigneur ambassadeur, lui
dis-je, qu'ayant trouvé chaussure à la forme, à la
figure, aux graces et à la conformation infinie de
ce pied, on ne voulût pas épouser votre infante,
selon l'édit du roi son père, qu'en arriveroit-il
encore ?

Si par un impossible, répondit mon Danois, il
se trouvoit quelqu'un assez stupide, assez bête,
assez imbécille d'entendement, et assez dénué de
goût pour renoncer à la possession légitime de
Sapinelle de Jutlande, en ce cas, la belle Sapinelle de Jutlande s'est obligée par serment, son
honneur sauf et toutes ses dépendances, d'accorder à celui qui l'aura chaussée à sa fantaisie ce
qu'il lui demandera.

Vous jugez bien pourquoi je faisois tant de
questions. Cette dernière réponse me détermina;
car mon esprit s'étoit rempli d'abord de difficultés. La belle chasseresse régnoit toujours dans
mon cœur; cependant il ne laissoit pas d'être

épris de tous les objets qui se présentoient chemin faisant : mais je les oubliois au premier moment d'absence, pour me rendre tout entier au
souvenir de ses charmes. La princesse dont on
venoit de parler offroit sa main en récompense
d'un succès dont elle désespéroit ; d'un autre côté,
la mort étoit la récompense du téméraire qui ne
réussiroit pas. J'avois cherché par-tout un pied
digne du plus beau soulier du monde ; la princesse de Danemarck soupiroit après un soulier
digne du plus beau pied de l'univers qu'elle
croyoit avoir : si, d'un côté, je craignois que la
facilité de mon penchant ne me fît tout oublier
auprès d'une princesse qu'on me peignoit si belle,
de l'autre, l'aversion que tout le sexe sembloit
avoir pour ma présence me rassuroit contre ma
propre foiblesse. J'avois erré par le monde sans
trouver une femme qui voulût de ma tendresse,
et sans rencontrer d'autres coqs que des coqs de
basse-cour qui ne savoient ce que c'étoit que de
s'élever d'un vol rapide au milieu des airs : je résolus donc sur-le-champ de m'embarquer dans un
des vaisseaux de l'ambassade, **de chausser l'infante Sapinelle, et de la mener en triomphe aux
pieds de la nymphe à l'arc d'acier.**

Les ambassadeurs, qui étoient les meilleures gens du monde, firent ce qu'ils purent pour me détourner d'une résolution téméraire, et me mirent devant les yeux l'impossibilité de l'aventure, et tous les inconvénients qu'il y auroit à me voir pendre à la fleur de mon âge, comme je ne pouvois manquer de l'être si je touchois en vain le pied de la divine Sapinelle. Je ne leur avois rien dit du soulier ; et le chef de l'ambassade, qui pleuroit volontiers, avoit les larmes aux yeux en me voyant embarquer.

Je mis à la voile, et le vent me fut si favorable, que, le septième mois après mon embarquement, je mis pied à terre au rivage heureux de la Scandinavie. Je traversai ces provinces immenses et stériles en moins de quatre mois, et je me rendis à la cour de Fortimbras à la grand'bouche. Ce fut là que m'arrivèrent des aventures beaucoup plus dignes de votre attention que celles que je viens de vous conter, comme vous allez voir par le récit suivant.

Le bel étranger en étoit à cet endroit de son histoire, lorsque la suite en fut interrompue par un bruit soudain de trompettes, de clairons, de timbales, de fifres, de tambours, de cornemuses

et de flageolets, dont la forêt retentit inopinément. Nous tournâmes les yeux de toutes parts,
et nous les arrêtâmes long-temps sur l'endroit
d'où ce bruit sembloit venir : mais ce fut inutilement. Plus ce concert extraordinaire approchoit, plus notre surprise augmenta, ne voyant
rien par-tout à la ronde qui pût le causer : mais
mon secrétaire et l'écuyer de l'inconnu, qui, dans
l'étonnement de ce prodige, étoient montés sur
des arbres pour voir de plus loin, accoururent
tout effarés, et nous dirent qu'un gros d'Arabes,
que quelques collines nous avoient d'abord caché, sembloit s'étendre de toutes parts pour nous
envelopper.

En achevant de nous donner cet avis, ils nous
présentèrent nos chameaux, et nous marchâmes
assez fièrement vers les premiers de cette troupe
que nous commencions à apercevoir ; mais nous
ne fûmes pas long-temps à découvrir que ce
n'étoient point des Arabes, et que ceux que nous
voyions ne songeoient à rien moins qu'à nous
envelopper.

Cependant le spectacle nous surprit ; car, autant que notre vue put s'étendre du côté d'où ces
avant-coureurs étoient venus, nous vîmes un

nombreux cortége de chevaux , d'éléphants et de chameaux chargés de litières, de palanquins et de bagage. Cet attirail étoit escorté de soldats, et d'un grand nombre d'esclaves tous couverts de toile peinte ; et les couleurs de cette toile étoient si vives et si variées, que nous crûmes voir un parterre mouvant, émaillé de toutes les fleurs du printemps le plus fleuri. Nous nous étions arrêtés pour voir passer ce merveilleux convoi, dans le milieu duquel un palanquin, tout brillant d'or et des peintures les plus rares, attira toute notre attention.

Ce palanquin étoit fermé de tous côtés : quatre esclaves, d'une taille beaucoup au-dessus de la taille ordinaire, le portoient sur leurs épaules ; et quatre satrapes à cheval portoient chacun un parasol pour le garantir de l'ardeur du soleil. Ces quatre satrapes, les esclaves et les parasols étoient ornés de toile peinte , mais de toile si fine, si magnifiquement peinte , et si richement brodée, que mon secrétaire, qui s'y connoît mieux qu'homme du monde, m'a juré plusieurs fois depuis qu'elle valoit du moins deux talents l'aune. Autour de ce palanquin étoient tous ceux qui avoient formé le concert que nous avions entendu si long-temps avant que de rien voir. Ce concert recommença par malheur dès que le palanquin fut vis-à-vis de nous ; et nous connûmes, dès qu'il commença, qu'il falloit être accoutumé à l'entendre de près pour y pouvoir durer : cette musique soudaine nous fit tressaillir l'un et l'autre ; mais elle parut si effroyable à nos chameaux, qu'ils nous emportèrent, après toutes les extravagances qu'une terreur soudaine fait faire à leurs semblables dans ces occasions. Tous les efforts que nous fîmes pour les retenir ne servoient qu'à redoubler leurs inquiétudes, et l'impétuosité dont ils nous emportoient : le mien et celui de mon secrétaire, qui n'avoient pas voulu se quitter, tournant le dos au concert, se jetèrent, comme des forcenés, tout au travers de l'arrière-garde qui suivoit en biaisant, et passèrent sur le ventre à tout ce qui se trouvoit en leur chemin. Le désordre et les cris de ceux qui se voyoient assaillis à l'improviste augmentoient encore la fureur de ces maudits animaux, qui ne ralentirent jamais la violence de leur course jusqu'à la première rivière. Ils s'y arrêtèrent un moment pour prendre haleine : mais le souvenir de leur alarme étant revenu dans le même instant, ils se préripitèrent au milieu de l'eau, sans nous donner la moindre connoissance de leur projet; et tout ce que nous pûmes faire dans cette surprise fut de nous tenir ferme, et de gagner le rivage opposé d'une rivière fort rapide et fort profonde.

Nous étions à plus de quinze stades de la forêt où nous venions de causer tant de désordre : j'aurois bien voulu retourner sur mes pas, tant pour satisfaire la curiosité que m'avoit donnée le commencement de cette aventure, que pour savoir ce qu'étoit devenu le beau Facardin, qui ne paroissoit point, de quelque côté que nous pussions tourner la vue pour le chercher : mais mon secrétaire m'ayant représenté le péril et la difficulté du passage de la rivière, l'approche de la nuit, la distance des lieux, et le nouveau vacarme que feroient nos chameaux encore tout éperdus, si l'horreur du charivari recommençoit à notre arrivée, il fallut céder; et, me laissant conduire vers une habitation rustique qui paroissoit dans l'éloignement, j'y passai la nuit avec impatience.

Dès que le jour parut, je me mis en campagne, pour savoir ce que c'étoit que cette apparition de triomphe, cette décoration de toile peinte, et sur-tout pour retrouver, à quelque prix que ce

II. 5

fût, Facardin et son soulier, et pour être instruit
du reste de leurs aventures. Mais un orage épouvantable, qui avoit duré pendant toute la nuit,
grossissant tout-à-coup tous les torrents qui tomboient des montagnes voisines, avoit tellement
fait déborder la rivière que nous avions traversée,
qu'il fut inutile d'en tenter le passage, ou d'attendre que les eaux se fussent retirées. Les gens
chez qui nous avions logé nous assurèrent que
toutes les plaines d'alentour seroient inondées
plus d'un mois durant.

Voilà l'aventure qui me sépara du charmant
étranger, dont je n'ai jamais pu, depuis ce jour,
avoir la moindre nouvelle, quelque peine que je
me sois donnée par-tout pour en apprendre.

Dinarzade, après un soupir de soulagement,
tel qu'on fait d'ordinaire au sortir d'une grande
oppression ou d'un long ennui, joignant ses deux
mains par-dessus sa tête : Mille graces, s'écria-
t-elle, aux satrapes couverts de toile peinte, au
palanquin doré, aux gens qui le portoient, aux
parasols qui le défendoient du soleil, et sur-tout
**aux cornemuses, aux fifres, aux timbales et aux
flageolets, qui, donnant l'épouvante à vos chameaux, vous séparèrent de cet autre Facardin;**

et que béni soit à jamais le débordement de la
rivière qui vous empêcha de le rejoindre ! car,
sans tout cela, vous auriez eu de quoi nous fati-
guer autant que vous avez fait par le commencement de ces aventures, en nous contant encore
celles qui lui sont arrivées auprès de Sapinelle de
Jutlande.

De bonne foi, seigneur Facardin, dites à peu
près combien il vous faudra d'années pour nous
faire le récit de vos voyages, ou pour nous dire ce
que contient le recueil de votre secrétaire, puisque, depuis le temps que vous abusez de la patience du sultan, vous n'avez encore parlé que
des fortunes d'un autre.

Le sultan, qui, par habitude, se faisoit frotter
la plante des pieds par son grand-chambellan
pendant tout le commencement de cette histoire,
par bonheur n'entendit pas ce que sa belle-sœur
venoit de dire, à cause d'un léger assoupissement
qui l'avoit saisi. Sans cet assoupissement, il est
à croire qu'elle n'en eût pas été quitte pour une
simple réprimande ; et Facardin, pour empêcher
qu'il ne s'aperçût qu'on l'avoit interrompu, continua de cette manière :

Comme votre majesté, toujours auguste et vic-

torieuse, sembloit être distraite par quelques réflexions sérieuses et politiques pendant certains
endroits de mon récit, je vais répéter ce que j'ai
dit pendant ces moments de rêverie, pour vous
remettre au fil de l'histoire.

Il n'est pas nécessaire, dit le sultan. Il ne m'en
est pas échappé le moindre mot; et, pour vous le
faire voir, pendant que je méditois sur le repos
de mes peuples et sur la prospérité de mon état,
vous contiez comme les éléphants, les brancards,
les parasols et toute la toile peinte avoient pris le
frein aux dents, et s'étoient précipités dans la
mer, d'abord que vous, vos écuyers et vos chameaux, commençâtes à jouer de la flûte et de vos
cornemuses.

Justement, reprit Dinarzade : le prince de Trébizonde n'a qu'à poursuivre son histoire; et, s'il
prend un jour envie à votre hautesse de la raconter dans le goût de cet échantillon, ce sera la
plus curieuse histoire du monde.

Taisez-vous donc, lui dit le sultan, afin que j'y
donne toute mon attention; et vous, Facardin,
poursuivez.

**J'avois un regret extrême, dit Facardin, de
n'avoir pu prendre congé de l'étranger, tant pour**

l'estime que j'avois pour lui, que pour le dessein que j'avois eu de le prier de changer de nom, afin que les exploits dont je prétendois rendre le mien célèbre ne fussent pas confondus entre les deux seuls Facardins qui fussent dans l'univers : mais je ne fus pas long-temps à reconnoître que cette précaution m'eût été très inutile.

Il y a des esprits indolents et spéculatifs qui passeroient des heures entières sans parler, principalement quand ils sont seuls : mais pour moi, qui n'ai jamais su ce que c'étoit que cette ridicule oisiveté d'imagination qui fait rêver à tous les objets qui se présentent en voyageant, sans ouvrir la bouche pour en raisonner, je me parlois à moi-même, quand je n'avois personne à qui parler : je répétois quelques scènes de comédie ; je chantois, je sifflois, enfin je mettois en usage tout ce que l'esprit et les avantages de la naissance fournissent pour se désennuyer, plutôt que de m'amuser à bâtir des châteaux en l'air, comme font les misérables songe-creux dont je parle.

Mon secrétaire n'étoit pas, à la vérité, de cette espèce de rêveurs ; mais il s'arrêtoit à chaque bout de champ pour des baguenauderies qui ne valoient guère mieux ; et, tirant une grande pancarte toute griffonnée de ses observations, il alloit crayonnant les fleuves, les montagnes, les rivages, les châteaux, les moulins, et jusqu'aux colombiers qui se trouvoient sur notre route. Un jour que j'en étois plus impatienté qu'à l'ordinaire : Jasmin, lui dis-je, est-il possible qu'avec cette barbe qui vous pend jusqu'à la ceinture, vous soyez éternellement à lanterner avec votre chiffon de journal, au lieu de vous tenir auprès de moi pour répondre à mes questions ? Serrez-moi ce fatras, pour me faire voir, dans l'état que vous avez des aventures périlleuses, l'aventure la plus à portée de nous, afin que je l'aille chercher; car je suis las d'errer au hasard, comme je fais depuis trois semaines.

Nous étions auprès d'un pont, qu'il commençoit à dessiner dans le temps que je lui tenois ce discours : il eut de la peine à quitter son ouvrage pour m'obéir; il s'y disposoit pourtant avant que de passer la rivière, quand nos chameaux se mirent à renifler et à trembler de frayeur. Un moment après nous entendîmes accorder quelques instruments, et aussitôt nous vîmes paroître, à l'autre bout du pont, une demi-douzaine de personnages habillés de toile peinte, qui, nous ayant vus les premiers, accordoient des instruments de différente espèce pour nous faire honneur. Dès que nous connûmes que c'étoient des musiciens pareils à ceux de la forêt, nous leur fîmes signe de ne pas commencer la sérénade dont ils nous vouloient honorer. Ils virent bien, par le trépignement de nos montures, que c'étoit en leur faveur que nous faisions cette prière ; et, passant de notre côté en chancelant à chaque pas, car ils étoient tous ivres, l'embarras de nos chameaux leur parut si divertissant, qu'ils voulurent l'augmenter par un petit prélude.

Dès les premiers accords de ce prélude, le chameau de mon secrétaire, se souvenant de la manière dont il s'étoit sauvé la première fois, se précipita dans la rivière sans marchander ; et, tandis que son maître lui tenoit le cou étroitement embrassé pour gagner l'autre bord, les mémoires curieux de nos voyages, qu'il n'avoit pas eu le loisir de serrer, flottèrent au milieu de l'eau. Pour mon chameau, que le chef de ces musiciens avoit saisi par la bride, et que les autres environnèrent de tous côtés, de peur qu'il ne suivît son compagnon, voyant qu'il ne pouvoit s'échapper, il se mit à deux genoux, tremblant comme

la feuille, ferma les yeux, ne pouvant se boucher
les oreilles, et poussa des cris si douloureux, que
je ne pus m'empêcher d'en rire, principalement
quand j'entendis ceux de l'autre chameau qui,
par amitié pour son compagnon, lui répondoit
de l'autre côté de la rivière.

Je mis pied à terre; et celui qui retenoit encore mon chameau par la bride, ayant fait partir
ses compagnons de peur de quelque nouvelle
alarme, conduisit mon chameau de l'autre côté
du pont, et me fit beaucoup d'excuses de l'insolence de ces ivrognes. Il me dit qu'ils étoient
de la bande de plusieurs autres musiciens que je
n'avois apparemment pas rencontrés, parceque,
de l'humeur dont il voyoit nos chameaux, ils
seroient morts d'angoisse s'ils avoient entendu
l'autre concert, ayant ordre de jouer de tous
leurs instruments, dès qu'ils verroient quelque
étranger. Il ajouta qu'il étoit resté derrière pour
ramasser ces coquins, qui s'étoient écartés pour
boire à tous les cabarets de la route, et qu'il alloit regagner le convoi de la princesse. Et quelle
princesse? lui dis-je. C'est Mousseline la Sérieuse, me dit-il, qui s'en retourne au royaume
de son père, pour rire. Comment! pour rire! lui

dis-je. C'est, dit-il, qu'il y a trois mois qu'elle voyage pour rire, et c'est pour rire qu'elle retourne au royaume d'Astracan. Mais je suis bien simple, poursuivit-il, de vous rendre raison d'une chose que vous savez mieux que moi.

A ces mots, il partit à toutes jambes pour rejoindre ses compagnons : j'eus beau l'appeler pour satisfaire ma curiosité ; jamais il ne tourna la tête, et jamais mon secrétaire ne voulut consentir que je montasse sur mon chameau pour courir après, protestant qu'il aimoit mieux mourir que de se trouver à la merci de cette implacable musique.

Nous nous en éloignâmes donc en toute diligence ; lui, regrettant la perte de ses remarques, et moi, celle d'un éclaircissement que je souhaitois sur ce qu'on avoit commencé de me dire de l'infante d'Astracan. Il n'auroit tenu qu'à moi d'y rêver jusqu'à la nuit ; car mon secrétaire étoit resté bien loin derrière moi pour faire le bel-esprit, ou pour repasser dans sa mémoire l'abrégé du journal qu'il avoit perdu : mais, ne pouvant souffrir le silence où sa rêverie me réduisoit, je l'attendis ; et, dès qu'il fut auprès de moi : Jasmin, lui dis-je, cherchez-moi parmi vos papiers la liste des lieux où l'enchantement et les périls auront de quoi m'exercer, afin que je me rende, comme je l'ai déja dit, à ceux qui sont le plus près d'ici.

Cherchez-les vous-même, me dit-il d'un air assez chagrin, puisque toutes mes listes, tous mes journaux et tous mes papiers suivent le courant de la rivière, tandis que je suis votre altesse sur un sorcier de chameau qui me fera désespérer ma vie, et sur lequel il m'est du tout impossible de faire mon salut, tant il me donne occasion de le maudire, et notre grand prophète qui l'a mis au monde. Suivez donc, seigneur, ces papiers, qui ne sont, à proprement parler, que des commentaires de nos belles actions : pour moi, je ne suis pas assez sot pour me noyer en les repêchant. Mais à quoi bon courir après les aventures dans l'équipage où vous êtes? Ne voyez-vous pas que, quelque brave que vous soyez, il ne faudroit qu'une vielle pour vous faire fuir jusqu'au bout du monde sur cette maudite monture? Laissez donc là, s'il vous plaît, la démangeaison de gloire qui vous tourmente, jusqu'à ce que vous soyez en **état d'en acquérir. Nous sommes à trois journées du Golfe Persique; c'est dans la ville enrichie du** commerce de cette mer, que l'on trouve les plus beaux chevaux du monde; et c'est là que je conseille à votre altesse de se défaire de ces désastreux chameaux, pour nous monter à la façon des héros errants, au lieu de trotter par le monde comme des marchands arméniens ou des pélerins de la Mecque.

Je suivis son conseil; et le troisième jour, sans avoir fait aucune mauvaise rencontre, c'est-à-dire, sans avoir trouvé de musique en chemin, nous découvrîmes le rivage de la Mer Rouge. Le soleil étoit sur le point de se coucher, et je regardois avec plaisir la variété brillante dont ses rayons peignoient la surface des flots. On eût dit que c'étoit quelque tapis de pourpre qu'on avoit étendu dessus; car la couleur de cette mer, et celle de la lumière qui s'y répandoit, faisoient un mélange éclatant. Mon secrétaire, qui ne s'éloignoit plus de moi, me demanda si je savois pourquoi ce que je regardois s'appeloit la Mer Rouge. Je lui dis que c'étoit à cause de sa couleur. Au contraire, me dit-il, c'est qu'elle n'est non plus rouge que vous. Au reste, il ne faut pas vous imaginer qu'elle soit venue au monde faite comme elle est; et, puisque nous avons encore pour une heure de chemin d'ici à la ville de Florispahan, capitale de l'Arabie Pétrée, je vais vous conter tout cela.

Vous saurez donc, s'il vous plait, qu'à cette extrémité de la Mer Rouge qui regarde les Indes, on trouve d'un côté les confins de la Bactriane, et de l'autre le royaume d'Ophir. Les premiers rois d'Ophir avoient toujours été en guerre avec les premiers rois de la Bactriane, et cela pour un sujet assez léger; ce qui arrive d'ordinaire à des princes voisins comme ceux-ci, qui ne sont séparés que par un trajet de cinq ou six cents lieues de mer : or, après que ces puissants rois se furent bien désolés depuis quinze cents ans, de père en fils, par des guerres continuelles, ceux qui règnent encore de nos jours se sont avisés de faire la paix par l'alliance de leurs enfants.

Le roi d'Ophir n'avoit qu'un fils, et celui de Bactriane n'avoit qu'une fille. Cette fille étoit ce qu'on appelle la beauté même; et le prince d'Ophir étoit un chef-d'œuvre d'agrément et de bonne mine, mais froid comme glace à l'égard du beau sexe. Cependant les plénipotentiaires de part et d'autre ayant fait leur devoir, le traité fut

bientôt conclu. Celui de Bactriane, grand politique d'ailleurs, n'avoit presque point de nez;
mais en récompense il avoit la plus épouvantable
bouche qu'on verra jamais. Celui d'Ophir..... Non,
attendez un peu que je me remette cette circon-
stance. Celui d'Ophir..... Oui, justement, celui
d'Ophir, au contraire, avoit une bouche dans laquelle un enfant d'un an eût à peine mis le bout
du doigt, lors même qu'il bâilloit; mais en récompense son nez étoit le plus ample et le plus
fertile en bourgeons que jamais plénipotentiaire
ait porté.

Le ministre bactrien porta les articles de la
paix avec le portrait de l'infante sa maîtresse à
la cour d'Ophir : mais ce fut inutilement. Le
prince ne voulut pas seulement regarder le portrait, et partit secrètement de la cour environ à
minuit et trois quarts. Mais ce qui arriva dans
l'autre cour vous fera dresser les cheveux à la tête.
Or, avant que d'en venir à cette catastrophe, il
est bon que vous sachiez qu'à deux stades et demi
de Fourchimène, capitale de toute la Bactriane,
on voit un petit bois fort obscur; que dans ce bois
est un temple encore plus obscur (écoutez bien
ceci, s'il vous plaît); qu'au haut de ce temple est

un pinacle qui s'élève jusqu'aux nues, et que tout au haut de ce pinacle est une cage, et dans cette cage un coq qui rend des oracles : souvenez-vous, s'il vous plaît, de toutes ces circonstances. Comme le ministre du roi d'Ophir n'étoit pas encore arrivé, et que toute la cour de Bactriane l'attendoit avec impatience, à cause des feux d'artifice qu'on avoit préparés pour la publication du mariage, la belle Primerose, qui, comme une princesse jeune et bien élevée, aimoit fort la figure des hommes jeunes et bien faits, importuna tant la reine, sa mère, qu'elles furent toutes deux incognito consulter l'oracle du coq, pour savoir au juste à quelle heure le prince d'Ophir arriveroit, ne doutant pas, comme elles avoient appris par les nouvelles à la main, qu'il n'arrivât galamment lui-même, sous le nom de plénipotentiaire du roi son père, pour rendre l'ambassade encore plus touchante.

La princesse donc, s'ennuyant d'être toute coiffée, toute frisée et toute parfumée, comme elle faisoit depuis trois nuits pour n'être pas surprise, s'étoit rendue à la petite écurie vers l'entrée de la nuit, sans filles d'honneur et sans dames du palais, lorsqu'on vint avertir la reine que l'ambassadeur d'Ophir étoit arrivé dans une chaise de poste. Cette particularité d'impatience amoureuse les confirma dans l'opinion que c'étoit le beau prince en personne : ainsi le chariot qu'on avoit préparé pour aller à l'oracle, les ramena au palais.

La princesse qui, par l'excès de sa beauté, prétendoit remercier le prince de l'excès de son empressement, ne cessoit de se mordre les lèvres, d'aiguiser ses regards, et de tarabuster ses cheveux, en attendant qu'on le menât à l'audience : mais elle pensa s'évanouir, lorsque le véritable ambassadeur y parut. Elle avoit si fortement dans la tête que c'étoit le prince déguisé sous le caractère du ministre, que, quand, au lieu de la plus charmante figure du monde, elle vit ce nez de pélican au-dessus d'une bouche qui sembloit faite par un vilebrequin, elle dit tout haut que le prince d'Ophir avoit beau faire la petite bouche, la princesse des Bactriens n'étoit pas pour son nez.

Elle ne se contenta pas de ce transport d'indignation ; elle se mit à genoux devant toute l'assemblée, et, levant les yeux au ciel : Que Mahomet n'ait jamais pitié de mon ame, s'écria-t-elle, et que son alcoran me serve de poison, si jamais j'épouse le prince d'Ophir, jusqu'à ce que je sois assez vieille et assez effroyable pour lui donner autant d'aversion que j'en ai pour sa figure ! Dès qu'elle eut achevé cette imprécation, elle baisa la terre ; ce qui, chez les Bactriens, est la confirmation d'un serment solennel.

Le pauvre ambassadeur, qui n'avoit pas encore commencé sa harangue, fut tellement surpris de l'horreur que l'on témoignoit pour le plus beau prince du monde, qu'il remit dans sa poche le chalumeau d'or qu'il avoit pris pour mettre dans sa bouche et pour faire son compliment, et sortit de l'audience comme il y étoit entré ; mais il en sortit si transporté de colère, qu'en montant dans son palanquin on crut que son nez ne sortiroit jamais de la ville sans y mettre le feu, tant il paroissoit enflammé.

La princesse, de son côté, s'étant échappée des bras du roi son père et de la reine sa mère, donna un soufflet à tour de bras à sa gouvernante, qui lui faisoit des remontrances ; monta, jambe de çà, jambe de là, sur le cheval d'un officier des gardes, et ne cessa de galoper qu'elle ne se fût **rendue dans le bois. Elle y mit pied à terre ; mais, comme elle s'alloit jeter dans le temple.....**

J'écoutois avec attention le récit de mon secrétaire, lorsqu'il fut interrompu par quelque chose de brillant qui parut sur la mer assez loin de nous. Le soleil se plongeoit au sein des ondes ; et ses derniers rayons, se répandant sur cet objet, nous firent croire d'abord que c'étoit un amas d'or qui flottoit vers le rivage où nous étions : mais, à mesure qu'il avançoit, nous découvrions des banderoles flottantes, et nous reconnûmes enfin que c'étoit une chaloupe, tout éclatante de l'or dont elle étoit couverte depuis le haut de son mât jusqu'à la surface de l'eau : deux nains fort noirs et fort difformes en étoient les conducteurs. Dès qu'elle eut joint le rivage, une espèce de nymphe, plus parée que le ciel et plus laide que l'enfer, en sortit. Tandis que je m'étonnois comment on pouvoit être si jeune et si détestable, elle vint se jeter à mes pieds ; et, m'ayant embrassé les genoux avant que je pusse m'en défendre : Invincible chevalier, me dit-elle, venez sauver la plus précieuse vie qui fut jamais ; et, sans vous arrêter à la difficulté de l'entreprise, jurez-moi que, quelles que puissent être les conditions du combat, vous viendrez avec moi vous y

II. 6

exposer pour la délivrance de la beauté la plus parfaite qui soit dans l'univers.

Elle fit semblant de pleurer à ces mots : je la relevai pour me sauver de l'horrible grimace qu'elle commençoit à faire ; et j'avois la bouche ouverte pour jurer, lorsque le prudent secrétaire, mettant sa main dessus : Attendez, seigneur, me dit-il, que je la questionne un peu avant que de vous engager. Alors ôtant sa calotte, et secouant sa longue barbe : Ou je ne m'appelle pas Jasmin, poursuivit-il, ou vous venez de la roche de cristal : n'est-il pas vrai, demoiselle m'amie? Taisez-vous, petit Amour, lui dit-elle ; ce n'est pas vers vous qu'on m'envoie, c'est vers votre maître. Oui, beau chevalier, c'est vers vous, poursuivit-elle en me regardant. La plus charmante des mortelles vient de se mettre au bain, et ce sera pour la dernière fois, à moins que vous n'ayez la bonté de l'en voir sortir : jurez-moi donc que vous le ferez en dépit de votre page Jasmin ; jurez-le-moi ; et qu'ainsi la rosée du matin vous soit toujours en aide, que celle du soir vous flatte tendrement les joues, et que les paroles de votre bien-aimée soient aussi favorables à votre cœur, que le chant du coq l'est à l'oreille qui ne peut dormir la nuit !

Je n'avois garde de refuser les prospérités que me promettoient tant d'agréables souhaits : ainsi je prêtai le serment qu'on me proposoit, et je jurai, quoi qu'il en pût arriver, premièrement de voir sortir de son bain la dame dont on parloit, et de faire mon possible ensuite pour la délivrer. Mon secrétaire n'eut pas plus tôt entendu le serment que je venois de faire, qu'il s'arracha les cheveux, se chiffonna la barbe ; et, poussant des cris douloureux : Misérable prince ! s'écria-t-il, quelle maudite étoile vous a conduit en ces lieux, pour un engagement qui va vous perdre ou vous déshonorer pour jamais ! Sachez qu'il n'y a qu'un satyre, ou le fils de quelque Cantharide, qui osât seulement regarder l'aventure que vous avez témérairement juré d'entreprendre, et que je jurerois bien que vous ne mettrez jamais à fin ; mais je sais le moyen de vous dégager du serment que vous venez de faire.

A ces mots il tira son poignard, et courut à l'ambassadrice dans le dessein de lui percer le cœur. Il ne me fut pas difficile de prévenir l'effet de son emportement, ni de trouver des paroles

6.

pour lui reprocher ce transport indigne. Tout
cela ne l'en fit point repentir : et, voyant que je
m'embarquois sans lui, car telle étoit la loi de
cette entreprise; voyant, dis-je, que je lui dé-
fendois absolument de m'accompagner : Que la
mer, s'écria-t-il, puisse engloutir le bateau doré,
les deux nains qui le gouvernent, la guenon pre-
tintaillée qui s'y met, et le malheureux Facardin
qui la suit !

La nymphe n'eut pas plus tôt entendu mon
nom, qu'elle me regarda deux ou trois fois avec
beaucoup d'étonnement, et me demanda s'il étoit
bien vrai que je fusse Facardin. Pourquoi non?
lui dis-je. A cette réponse, se tournant vers mon
secrétaire qui pleuroit encore sur le rivage : Vénérable Jasmin, lui dit-elle, ne mentez point :
est-ce là véritablement Facardin? Il le jura,
dans l'espérance que c'étoit pour mon bien qu'elle
le demandoit. Voguons donc, s'écria-t-elle,
puisque nous avons l'invincible Facardin : mais,
si c'est lui, qu'a-t-il fait de la moitié de sa
personne?

Comme je n'entendois rien à tout cela, je n'y
fis aucune réponse ; et, la chaloupe dorée vo-
guant d'une vitesse incroyable, nous perdimes de

vue le rivage où l'inconsolable Jasmin se désespéroit, et quinze minutes après nous en découvrimes un autre.

C'étoit un rocher d'une vaste étendue, qui s'élevoit au milieu de la mer. Il me parut transparent : dès que nous y fûmes débarqués, je connus qu'il étoit tout de cristal. Une femme plus âgée, plus magnifiquement habillée et beaucoup plus laide que celle du bateau, nous vint recevoir. Dès que notre demoiselle la vit : Réjouissez-vous, s'écria-t-elle ; je vous amène ce que notre divine maîtresse cherche depuis long-temps ; je vous amène le grand Facardin.

Le grand diable! répondit l'autre. Il faut que tu sois folle, ma pauvre Harpiane, pour croire que ce marmouset soit l'indomptable Facardin. Mais il n'importe ; nous verrons de quoi ce jeune téméraire est capable ; et, puisqu'il n'a pas l'air de suffire aux seules approches de l'aventure, nous aurons la consolation de le voir écorcher, tandis qu'on brûlera l'infortunée Cristalline. A-t-il juré? Oui, lui dit la première chouette, et même de si bonne grace, que j'ai quelque regret à sa destinée. Qu'on le désarme donc, dit l'autre, tandis que j'irai l'annoncer à la charmante Cristalline.

Doucement, s'il vous plaît, mesdames les laiderons, leur dis-je; sachez que je vous aurai plus tôt fendu le groin à toutes deux, que vous n'aurez le temps de prononcer encore une fois le mot de désarmer.

Je mis l'épée à la main à ces mots; et, les voyant tout éperdues d'un procédé si brusque : Qu'on me conduise, leur dis-je, vers cette Cristalline que j'ai sottement juré de secourir, afin que je ne perde point de temps à la délivrer d'un péril qui paroit si pressant : il seroit vraiment fort à propos de me laisser désarmer dans le temps qu'on m'envoie chercher pour combattre !

Chevalier, mes amours, dit celle qui nous étoit venue recevoir, faites ce qu'on vous dit ; aussi-bien seroit-il inutile de résister : laissez ici vos armes ; et je vous jure par le grand Ali, fondateur des turbans verts, que, s'il se présente un seul ennemi qui soit armé contre vous, on vous rendra vos armes. Je me laissai persuader; et, ne retenant que mon épée, dont je ne voulus jamais me **défaire, je suivis ces deux créatures.**

Nous rencontrâmes en chemin une infinité de figures qui me parurent fort étonnantes : c'étoient des hommes habillés et coiffés en demoiselles, qui, portant chacun une quenouille avec son fuseau, filoient de toute leur force en nous voyant passer. Je demandai ce que c'étoit que cet indigne mascarade de tant de visages guerriers travestis en fileuses. Elles me dirent que j'étois bien malheureux de ne pouvoir plus espérer d'en être ; que tous ces hommes étoient autant d'aventuriers qui, ayant juré, comme moi, de tenter la même aventure, avoient mieux aimé passer leur vie dans cet état que de l'entreprendre au hasard d'être écorchés tout vifs, s'ils ne la mettoient pas à fin ; mais que, comme nous étions au dernier jour de l'année qu'on avoit donnée pour cela, le dernier qui s'offriroit, après avoir juré, n'avoit plus de choix à faire que celui d'entreprendre la délivrance de leur souveraine, ou d'être écorché tout vif, en cas qu'il le refusât, ou qu'il ne pût la mettre à fin après s'y être engagé.

Ne peut-on pas savoir, leur dis-je, de quelle nature est cette aventure périlleuse? C'est à notre **belle maîtresse à vous en informer, répondirent-elles, en vous la présentant. Il eût été difficile de**

se soutenir, ou du moins de marcher, dans une
île toute de cristal, si l'on n'avoit répandu de la
poudre de diamant sur toutes les routes ; et,
comme la nuit étoit entièrement fermée, je n'aurois pu distinguer les objets, si l'on n'avoit, par
un travail infini, creusé le rocher en cent mille
endroits, pour y mettre des caisses d'où sortoient
de gros orangers, aux branches desquels pen-
doient de vastes chandeliers de cristal, et un million de bougies allumées qui éclairoient tout le
rocher comme en plein jour.

Nous étions sous la zone torride, à quatre
doigts tout au plus de la ligne équinoxiale. Le
soleil avoit dardé ses rayons à plomb durant toute
la journée sur ce prodigieux amas de cristal ; l'air
en étoit échauffé, comme vous pouvez croire, les
vents sembloient s'être tous couchés avec le cré-
puscule : ainsi je n'eus pas grand'peine de me
trouver tout en eau, lorsque nous parvînmes à
l'extrémité du rocher. Sur le penchant de cette
extrémité je vis un pavillon carré : mes deux
guides me convièrent de m'y reposer ; je le trouvai garni de toutes sortes de rafraîchissements. Je
pris celui du bain le premier, à la sollicitation de
ces conductrices, qui m'aidèrent à me déshabiller,

mais qui ne purent me persuader de leur confier mon épée, comme je fis mes habits. Elles se tuoient de me dire qu'on ne s'étoit jamais baigné l'épée à la main. Tout cela ne servit de rien : non-seulement je m'y mis, mais j'en sortis dans cette posture. On me jeta sur les épaules une robe de chambre magnifique ; et, tandis que je mangeois ce qu'on avoit servi devant moi, et que je buvois d'un vin frais et délicieux, on emporta mes habits ; et le jour parut.

On me pria tout de nouveau de me défaire de ce grand vilain cimeterre, qui ne convenoit point aux lieux où je devois m'éprouver ; et, sans me vouloir rendre mes habits, on me dit qu'il étoit temps de partir. Il ne me faudroit plus, leur dis-je, qu'un battant-l'œil, une quenouille au lieu de mon épée, et un peignoir sur les épaules, pour être dans l'équipage des misérables que je viens de rencontrer.

Enfin, voyant que je n'entendois pas raison sur l'épée qu'elles avoient tant d'envie de m'ôter, elles me conduisirent, dans l'état où j'étois, jusqu'au bout d'un pont sur lequel on traversoit de **la roche de cristal à la plus délicieuse prairie** qu'on pût voir.

Ce fut là que les deux demoiselles me quittèrent. Dès que j'eus passé le pont, deux petits
Mores, plus défigurés que ceux de la chaloupe, le
fermèrent d'une barrière de bronze ; et, m'ayant
fait la révérence, me demandèrent mon épée.
Je leur dis que j'étois tellement importuné de
cette proposition que je les pourfendrois depuis
la tête jusqu'au nombril, s'ils m'en parloient encore. Ils furent si troublés de cette menace, qu'ils
se mirent à courir comme des chèvres au travers
de la prairie.

Je les suivis au petit pas jusqu'auprès d'un palais qui ne pouvoit manquer d'être transparent,
puisqu'il étoit formé des plus fines et des plus
magnifiques glaces de miroir qui soient dans le
reste du monde. A côté de ce palais on avoit
tendu, par le moyen d'un nombre infini de che-
villes d'or et de cordons de pourpre, le plus superbe des pavillons ; car j'ai su depuis que c'étoit
celui de l'infortuné Darius, dont j'ai l'honneur de
descendre en droite ligne.

Ce pavillon, ouvert par devant, me laissa voir
un lit plus magnifique et plus galant, s'il est possible, que celui dans lequel reposent à présent les
appas de la divine Schéhérazade, votre épouse.

Ces objets ne m'auroient pas donné la moindre idée d'une aventure périlleuse, si je ne les avois pas trouvés vilainement situés : car à la droite du palais transparent se présentoit un bûcher, auquel il ne manquoit que d'être allumé pour y brûler quelque criminel ; et l'on voyoit à la gauche du pavillon une espèce d'autel, aux quatre coins duquel on avoit mis des anneaux pour attacher la victime, et des couteaux pour l'écorcher.

Quoique je ne me sois jamais seulement figuré ce que c'étoit que la peur, j'avoue qu'une légère idée d'inquiétude me passa par la tête comme une vapeur, lorsque je me souvins de ce que l'on m'avoit dit au rocher de cristal. Cependant, comme je ne voyois personne dans le pavillon, quoique le lit y fût tout prêt à recevoir quelqu'un, je m'approchai du petit palais, et ce fut là que j'eus la première connoissance de la bizarre entreprise où je m'étois engagé.

L'endroit où le hasard me conduisit d'abord étoit justement l'appartement des bains. Je n'eus que faire d'en chercher la porte ; je vis très distinctement ce qui s'y passoit. Quatre Moresses, plus noires, plus camardes et plus déshabillées qu'elles ne le sont au fin fond de la Guinée, étoient rangées

autour de la cuve, où, selon toutes les apparences,
leur maîtresse n'attendoit que mon arrivée pour
commencer l'aventure ; car, dès qu'on m'eut
aperçu, ces quatre dames d'atours se mirent en
haie du côté où j'étois, et la merveilleuse Cristalline sortit du bain, presque aussi nue qu'on
peut l'être, sans l'être tout-à-fait. Elle fut quelque temps dans cet état au milieu de ces quatre
vieilles taupes, avant qu'on pût lui donner de
quoi se couvrir. Je connus l'artifice ; mais, quoique je fusse persuadé de l'avantage que son éclat
recevoit par l'opposition de ces figures affreuses,
j'avoue que je fus frappé de la blancheur dont toute
sa personne m'éblouit, et je ne comptai pour rien
le péril de l'entreprise, dans l'espoir qu'une
beauté si rare auroit quelque reconnoissance pour
le service que je prétendois lui rendre.

Je ne sais de quelle manière elle et ses suivantes
disparurent pendant que je faisois ce beau raison-
nement ; mais, quelques moments après, une de
ces Moresses vint dire que la céleste Cristalline,
sa maîtresse, cette divinité que j'avois eu le bonheur de voir au sortir de son bain, m'attendoit
dans son lit, où elle venoit de se mettre, dans
l'espérance que je voudrois bien lui sauver la vie
par cette généreuse complaisance.

Je ne savois comment me persuader qu'on ne se moquoit pas de moi par une proposition si cavalière et si flatteuse en même temps. Finisse l'aventure comme elle pourra, disois-je en moi-même, pourvu qu'elle commence comme cette honnête messagère veut me le faire entendre !

Je la suivis avec empressement ; car elle marchoit à grands pas : je me doutai bien qu'on me menoit au pavillon de Darius ; et, dès que j'y fus introduit, je le vis environné d'une troupe de gens armés qui se postèrent tout autour. Cela fait, la nymphe Cristalline me pria de m'asseoir un moment au chevet de son lit.

Dès que j'y fus, elle prit une sonnette d'or ; et, dès qu'elle eut sonné, parut un vieillard dont la barbe étoit d'environ trois pieds plus longue que celle de mon secrétaire ; dans sa gauche il tenoit une faux, et dans sa droite une pendule qu'il posa sur une table de l'autre côté du chevet, et se retira. Dès qu'il fut sorti, parurent deux autres figures encore plus extraordinaires : l'une étoit une espèce de grand-prêtre, vénérable par son habillement, mais de l'aspect le plus féroce qu'on ait jamais vu, et qui, parmi ses vêtements sacerdotaux, avoit un grand couteau de boucher passé dans sa ceinture, sans compter une barbe plus longue encore que la première; l'autre étoit un serrurier, autant que je le pus juger par un marteau, des clous, et une lime, dont il étoit muni. Il portoit de plus une sorte de clavier, qui, au lieu de clefs, étoit tout farci de bagues de différentes espèces; il passa ce clavier dans un anneau qui sortoit du milieu d'une plaque d'or enfoncée dans la terre.

La déesse du lit, que je n'avois pas eu le temps de regarder à cause de toute cette momerie, me pria de faire la première épreuve, c'est-à-dire, de lui apporter une de ces bagues; que cela fait, l'aventure étoit finie, elle libre, et moi maître de sa personne, et de tous ses trésors.

Ce fut à ces mots que je tournai les yeux sur elle; mais j'en étois trop près pour la trouver aussi merveilleuse que la première fois: malgré tout l'art qui soutenoit quelques restes de beauté, son visage me parut fort flétri. Je ne sais si elle crut que ma surprise venoit de ce que je la croyois fardée: car elle affecta de se laisser voir la gorge et les bras, pour me prouver qu'elle ne l'étoit pas; et ce fut justement ce qui me persuada qu'elle l'étoit depuis la tête jusqu'aux pieds: et;

dès ce moment, je fus aussi dégoûté de ses charmes, que j'en avois été surpris en la voyant sortir du bain.

Cependant, comme il étoit question de tenter l'aventure, et qu'elle ne consistoit qu'à lui mettre une bague au doigt, je me levois pour aller vers le clavier, lorsque cet archi-prêtre à longue barbe, me voyant armé : Mon petit ami, me dit-il en langue arabesque, où avez-vous appris à paroître devant des dames couchées, l'épée à la main ? Qu'on se mette tout à l'heure à deux genoux, et qu'on me rende cette inutile flamberge.

Il seroit impossible, magnanime empereur, de vous faire comprendre la fureur où cette insolence me mit. Cependant, comme je la voulus modérer, de peur de quelque indécence : Monsieur l'abbé, lui dis-je, quoique ce que vous venez de dire soit le refrain de toute la canaille dont ces lieux sont habités, je vous avertis que, s'il sort du buisson qui vous couvre toute la face une autre parole comme celles que vous venez de proférer, votre tête ne servira plus qu'à balayer les ordures de ces lieux.

Après ce compliment, je lui fis siffler deux ou

trois fois mon épée autour des oreilles ; et je vis bien que tout ce qui me parloit dans ces îles, n'ayant qu'un même langage, prenoit le même parti lorsque j'y répondois ; car mon grand-prêtre s'enfuit, après avoir fait le plongeon chaque fois que mon épée lui passoit par-dessus la tête, et le serrurier le suivit de fort près.

Dès que je me vis seul, je voulus finir l'aventure en portant une bague à la fée Cristalline ; car je croyois qu'il n'y avoit qu'à se baisser, comme on dit, pour en prendre. Mais j'eus beau m'évertuer, et les tirer l'une après l'autre, d'une force que les dieux n'ont accordée qu'à peu d'hommes, jamais je n'en pus ébranler une seule. Le dépit d'une résistance où je ne m'étois pas attendu me fit redoubler mes efforts à plusieurs reprises, mais toujours inutilement.

Cette aventure me fit souvenir d'Alexandre au sujet du nœud gordien, et je sortois pour ramener le serrurier, ou pour lui prendre une de ses limes, lorsque la nymphe me pria de me remettre auprès d'elle ; et, dès que j'y fus : Ce ne sont pas de pareils efforts, me dit-elle, d'où dépendent **mon salut et le vôtre. Vous voyez que toute la puissance de l'univers ne peut dégager une de ces**

bagues du clavier, de la manière que vous l'avez
voulu faire; cependant il en est une qui les fera
sortir l'une après l'autre, avec autant de facilité,
que si le clavier étoit ouvert : reprenez haleine
avant que je vous en instruise; et, tandis que
vous respirerez, remarquez bien ce que vous
verrez dans ce pavillon.

Je tournai les yeux de toutes parts, et j'y vis,
outre la pendule et le clavier, une armoire de
cristal et deux rouets à filer : alors la dame du lit,
voyant que je lui prêtois attention, me parla de
cette manière :

Je suis née avec tous les sentiments de sagesse
et de vertu qu'on a besoin d'inspirer aux autres,
mais avec une curiosité qu'il ne m'a jamais été
possible de vaincre. Une mère, qui me vouloit
conserver dans toute la pureté de mon innocence,
ne laissoit point approcher d'homme des lieux où
j'étois élevée; ma curiosité naturelle n'eut plus
pour objet que la présence d'une créature dont
je ne connoissois que le nom : on eut beau me
peindre cette créature comme un monstre affreux, qui me dévoreroit dès la première vue,
ma curiosité n'en fit qu'augmenter; et je n'eus
pas plus tôt atteint l'âge de douze ans, qu'elle

II. 7

devint si vive, que je résolus de m'échapper et de
voir un homme à quelque prix que ce fût. Je sortis
du lit, lorsque je crus toute la maison ensevelie
dans un profond sommeil ; je sautai de la fenêtre
dans le jardin ; du jardin je grimpai sur la muraille ; je la franchis au hasard de me tuer, et tout
cela pour chercher une bête qui devoit me dévo-
rer. Je courois au travers des champs comme une
folle, de peur qu'on ne courût après moi pour me
ramener ; et, dès que je me crus assez loin, je
m'assis auprès d'un buisson pour m'y reposer en
attendant le jour.

Sous ce même buisson, un jeune pélerin, que
la nuit avoit apparemment surpris, s'étoit aussi
réfugié.

Je ne m'en aperçus que quand l'aube du jour
me fit distinguer les objets. Il s'éveilla dans le
même temps, et parut aussi surpris, que je le fus
d'abord de voir quelqu'un si près de moi. J'étois
alors d'une innocence si parfaite, malgré toute
ma curiosité, que je crus que c'étoit une fille de
mon âge, mais de quelque pays étranger, à cause
qu'elle étoit coiffée tout différemment, et que ses
habits étoient beaucoup plus courts que les miens.
Du reste, quoique je fusse alors tout aussi belle

que vous me voyez, son visage me parut encore plus beau que le mien.

Nous fûmes quelque temps à nous regarder sans rien dire; à la fin prenant la parole : Bel étranger, me dit-il, si vous entendez la langue que je vous parle, je vous prie de m'enseigner où je pourrai trouver une femme. Mon père, qui demeure dans le lieu de toute la province le plus désert et le plus rempli de bêtes sauvages, m'ayant élevé dès mon enfance dans l'exercice de la chasse, me permettoit de les poursuivre toutes, et de combattre les loups, les sangliers et les ours; mais il me défendoit de m'éprouver contre la plus dangereuse de toutes les bêtes, qu'on appelle la femme, qu'il m'assuroit être pleine de venin, et contre laquelle il étoit impossible de se défendre. Je lui demandai comment cette bête étoit faite, afin de pouvoir l'éviter; il ne voulut pas me le dire. Je le priai d'en faire venir une toute jeune, pour tâcher de l'apprivoiser dans la maison; mais il n'en voulut rien faire : et tant de refus ayant augmenté le desir extrême que j'avois de voir un de ces dragons, il y a bien un mois que je me suis dérobé de chez mon père, et que je parcours en vain les bois les plus sombres et les déserts les plus

7.

affreux, pour trouver une de ces bêtes. Ainsi, comme je vois par votre habillement que vous êtes d'un autre pays, si par hasard il s'y trouve des femmes, je vous conjure encore une fois de m'en montrer quelqu'une.

Et n'en êtes-vous pas une vous-même? lui dis-je tout étonnée. Non, dit-il : n'ayez point peur; et, quand même il en viendroit quelqu'une ici, vous voyez cet arc et ces flèches; je sais si bien m'en servir, que je vous en garantirois. Mais, si vous n'êtes pas une femme, lui dis-je, que pouvez-vous être? Je suis un homme, comme vous, répondit-il.

Que vous dirai-je, seigneur chevalier? Après beaucoup d'étonnement et de questions de part et d'autre, nous nous rapprochâmes; nos premières alarmes cessèrent; nous trouvâmes ce que nous cherchions : et, sans qu'il me dévorât ou que je l'empoisonnasse de mon venin, notre curiosité fut satisfaite.

Nous fûmes si contents de cette découverte, et si choqués de la supercherie de nos parents, que nous résolûmes de ne plus nous quitter pour retourner chez eux. Nous nous cachâmes pendant quelques jours dans l'épaisseur des forêts, per-

suadés que l'on ne manqueroit pas de me chercher par-tout à la ronde; car nous ne craignions
rien tant que d'être séparés; et je comptai pour
rien, pendant les premiers jours, de ne vivre que
de la chasse de celui qui m'accompagnoit, et de
n'avoir point d'autre retraite pendant la nuit que
les arbres et les rochers.

Mais, comme mon penchant à la curiosité n'é-
toit point éteint pour avoir satisfait la première,
elle se réveilla dans cette solitude. L'ennui me
prit; je m'imaginai que tous les hommes n'étoient
pas renfermés dans le premier que j'avois ren-
contré; que, quoiqu'il fût beau comme le jour, il
s'en pourroit trouver par le monde qui seroient
encore plus mon fait que celui-là; et, dès que je
me le fus mis dans la tête, je résolus d'en avoir le
cœur net. Je lui proposai donc de sortir des bois
pour voir un peu ce qui se passoit ailleurs : il ne
demandoit pas mieux; et nous marchâmes tant
que nous arrivâmes au bord de la mer.

Il n'avoit jamais vu ce vaste élément, non plus
que moi : vous savez que c'est un objet qui sur-
prend toujours la première fois qu'il s'offre, et
nous étions tous deux fort attentifs à le considérer,
lorsque la surface en fut troublée par une espèce

de bouillonnement, qui parut aussi loin que la vue pouvoit s'étendre de l'endroit où nous étions. Il en sortit une vapeur épaisse qui, s'élevant d'abord jusqu'au ciel, s'épaissit encore en redescendant, et formant un nuage obscur, fut poussée par un vent subit, droit à l'endroit d'où nous le regardions. J'en fus enveloppée comme d'un manteau qui, me serrant de plus en plus, m'enleva de terre au milieu des cris de mon amant, qu'on laissa là. Je sentis qu'on me transportoit d'un mouvement rapide : mais c'étoit la moindre de mes inquiétudes ; je suis naturellement hardie, et je n'étois en peine que du brouillard qui me cachoit, à ce que je croyois, mille choses dignes de ma curiosité.

Dans ce moment il se dissipa ; la mer s'entr'ouvrit, et j'en fus engloutie sans autre mal que celui de me trouver au milieu d'une grotte spacieuse, ornée de tous les différents coquillages que la mer produit, et qui paroissoit enrichie de tout le corail et des plus belles perles qui soient dans son sein. A peine eus-je le temps de me reconnoître et de revenir de ma surprise, que je vis auprès de **moi la fidèle Harpiane, qui est cette fille qui est allée vous chercher dans la chaloupe d'or, et qui** des rives de Florispahan vous a conduit au rocher de cristal.

Elle étoit à peu près vêtue comme les suivantes de Téthys, c'est-à-dire, presque point : cela ne lui étoit pas trop avantageux ; car elle étoit encore plus laide que vous ne la voyez à présent : elle me dit, après une grande révérence, que j'étois la bien venue, et que le souverain de cet empire l'avoit envoyée pour me servir, pour me faire voir les merveilles de l'abîme, et pour me conduire ensuite dans les lieux où j'étois attendue. Elle me conduisit, en disant cela, par une grande galerie de cristal, dont la voûte étoit soutenue d'un rang de colonnes revêtues de nacre de perle et de branches de corail.

Quand nous fûmes au bout, elle me demanda si je ne voulois pas voir le magasin des naufrages avant que de monter. Je ne savois ce que cela vouloit dire : elle s'en aperçut, et me dit que nous étions sur la Mer Rouge ; que, cette mer étant le canal par où les trésors des Indes se communiquent par une navigation continuelle au reste de l'univers, il arrivoit souvent que ceux qui par de longs travaux s'étoient enrichis des dépouilles de la terre, en portoient le tribut au fond de la mer, où l'on recueilloit avec soin, en les rangeant avec ordre, les divers présents que les tempêtes faisoient au plus avide de tous les éléments.

Je n'eus garde de refuser cette proposition, moi qui ne pouvois rien refuser à ma curiosité. Nous entrâmes donc dans une salle où je ne vis que monceaux d'or, d'argent et de pierreries : mais cette salle me parut d'une si vaste étendue, que je ne comprenois pas comment la terre avoit pu fournir les trésors immenses dont elle étoit remplie.

Après avoir admiré toutes ces choses, on me conduisit dans un magasin encore plus digne de ma curiosité. C'étoit une salle moins large, mais plus longue que la première : on y voyoit, d'un côté, des statues d'or, d'argent, de bronze et de marbre, avec des ameublements de toute façon, et des armes de toutes les espèces, toutes enrichies ou précieuses par leur ouvrage. De l'autre côté de cette salle on voyoit une rangée d'armoires à perte de vue ; sur chacune de ces armoires étoit **le portrait d'un homme et d'une femme, avec une**

inscription au-dessous : les coiffures, les habillements et les draperies de ces portraits étoient de
différentes nations.

J'examinois les premiers avec tant d'attention,
que la nymphe Harpiane me dit que l'impatience
qu'on avoit de me voir ailleurs ne me permettoit
pas de faire là autant de séjour, qu'il en auroit
fallu pour l'examen du reste : elle ajouta que dans
chaque armoire étoient les habits de ceux dont
on avoit mis les portraits et l'histoire au-dehors;
que c'étoient tous les personnages illustres de l'un
et l'autre sexe que différents naufrages avoient
fait périr; qu'on avoit fait peindre les plus distingués de tant de malheureux; qu'on en avoit
ranimé quelques-uns, et pris les portraits des
autres après leur mort. Par exemple, ajouta-t-
elle, il y a vingt-deux ans que je me noyai à la
suite de la sultane Fatime, favorite du grand-sei-
gneur, qui portoit de riches offrandes à la Mecque :
qu'en arriva-t-il ? On nous ranima toutes deux;
elle pour son extrême beauté, moi pour la servir.
Le souverain de ces lieux en étoit passionnément
amoureux; cependant tout son art et toute sa
puissance ne la purent sauver; elle mourut, au
bout de six mois, de la petite vérole, qui est le

seul mal dont on ne guérit point à sa cour. Tenez, voilà son portrait, ajouta - t - elle, et dans cette même armoire sont ses habits : elle l'ouvrit pour me les montrer; il n'y avoit rien de plus magnifique ni de plus galant.

Tandis que je les regardois avec attention, m'ayant examinée à son tour : C'est justement votre fait, me dit - elle ; les habits que vous portez ne sont pas dignes d'une taille comme la vôtre ; ceux de la sultane y conviendront beaucoup mieux : on diroit même qu'ils sont faits pour vous ; je viens de prendre la mesure de votre personne d'un seul regard, et je ne m'y trompe jamais.

Je consentis à la proposition ; et, dès que je fus travestie, ma nouvelle dame d'atours me trouva si charmante, qu'elle me pressa de monter dans des lieux dont je me verrois bientôt après la maîtresse, et dont j'allois être enchantée.

Vous y verrez le génie des génies, poursuivit-elle, et vous l'y verrez à vos pieds. N'y verrai-je point quelque homme ? lui dis-je en l'interrompant. Cette question la surprit : mais elle n'eut pas le temps d'y répondre ; celui dont elle venoit de me parler, ce génie des génies, vint lui-même

y satisfaire. L'impatience qu'il avoit de voir sa
nouvelle proie le transporta, je ne sais de quelle
manière, dans l'endroit où nous étions, au lieu
de nous attendre comme il convenoit à sa dignité.
Sa présence me surprit sans m'effrayer. Quoiqu'il
fût tout autrement fait que le pélerin du buisson,
je connus que c'étoit un homme : il s'en falloit
bien qu'il ne fût aussi beau que le premier ; mais
en récompense il s'en falloit plus de la moitié que
le premier ne fût aussi grand : et, considérant en
moi-même que l'homme dont on m'avoit fait si
peur étoit un animal si excellent, je m'imaginai que
plus il étoit élevé, plus il devoit être merveilleux.
Ainsi après les premiers compliments je consentis
à la proposition qu'il me fit d'être à lui : tant j'é-
tois simple, comme je vous ai dit, sur l'apparence
des choses !

Après cette cérémonie, l'unique de notre mariage, il me donna la main ou plutôt la patte,
car elle étoit velue jusqu'au bout des doigts :
nous montâmes par un magnifique degré, et nous
montâmes tant que nous nous trouvâmes au milieu du rocher de cristal, ce même rocher que
vous avez traversé pour venir ici. De ce rocher
je fus conduite à cette île, et ce fut sous le pa-

villon où nous sommes que notre mariage s'accomplit.

J'en fus bientôt dégoûtée : car la nation des génies est sotte, bizarre, cruelle, et mal bâtie; du reste, sorcière à toute outrance. Quoique le mien fût aussi volage naturellement qu'il étoit naturellement amoureux, il devint si constant pour moi, que j'en pensai mourir de chagrin : à cette constance se joignit une jalousie démesurée, mais en même temps d'une espèce toute nouvelle. Il vouloit qu'on me regardât pour m'admirer; mais il étoit furieux lorsqu'il soupçonnoit qu'on avoit pris du goût pour moi. J'étois un trésor qu'il vouloit garder pour lui seul; cependant il n'étoit pas content qu'il n'y eût que lui seul qui connût combien le trésor qu'il possédoit étoit rare.

Je passai fort tristement plusieurs années avec un animal qui me contraignoit par ses visions, et qui me dégoûtoit par ses empressements. Harpiane étoit ma seule consolation; elle me conseilla de bien cacher une aversion dont son seigneur et le mien pourroit s'apercevoir, tout grossier qu'il étoit; et me dit qu'il falloit plutôt, par un redoublement de complaisance, lui laisser croire

que j'étois folle de sa personne et de ses agréments, pour le mieux tromper quand l'occasion
s'en présenteroit.

Je suivis son conseil, et je m'établis si parfaitement dans la confiance du génie mon époux,
qu'il me révéloit insensiblement tous ses secrets,
entre lesquels il me dit qu'il n'y avoit que trois
génies dans l'univers qui fussent aussi puissants
que lui; qu'ils étoient tous trois ses ennemis, et
qu'ils avoient chacun un rouet qu'il falloit mettre
entre les mains des trois plus belles princesses du
monde, pour les rendre ses esclaves; et, que les
ayant en sa puissance, d'abord qu'elles auroient
assez long-temps filé pour faire une corde qui
pût atteindre du sommet de la montagne la plus
haute jusqu'à la mer, il auroit gagné son procès;
mais que jusqu'alors il couroit risque de perdre
ce qui faisoit la force de tous ses enchantements,
quoique ce mystère fût si bien caché, que personne au monde n'en avoit la moindre connoissance.

Dès qu'il m'en eut parlé, je le flattai tant, et
lui fis tant de caresses, que je fus maîtresse d'un
secret qu'il avoit si bien caché jusqu'alors. Il fit
sortir du petit doigt d'un de ses pieds un ongle

effroyable, qu'il savoit cacher quand il vouloit, comme font les lions, et me dit que, tant que cet ongle ne seroit pas séparé de son corps, il seroit invincible ; et que, quand même on pourroit l'en séparer, il sauroit l'y rejoindre, à moins qu'on n'avalât la partie séparée jusqu'à cet ongle, avant qu'il y pût mettre ordre. Il me dit de plus, car il étoit en train de tout dire, tant il fut charmé de mes caresses ; il me dit donc qu'il avoit l'art de se rendre si nécessaire, que ceux chez qui il s'insinuoit ne pouvoient se passer de ses services ; que par ce moyen il s'étoit emparé de deux des rouets dont il étoit question ; mais que ce n'étoit rien faire, à moins que de se mettre en possession du troisième, qui étoit le plus difficile de tous à conquérir.

Je lui marquai tant de reconnoissance après cette découverte, qu'il ne savoit quelle fête me faire : mais voyant que l'air se troubloit, et que les vents commençoient à siffler, il me fit transporter avec lui tout au haut de la roche de cristal, pour me donner le divertissement de quelque naufrage, qu'il jugea que l'orage prochain devoit causer. Il me dit que c'étoit de ce poste élevé qu'il m'avoit vue la première fois, et qu'il m'avoit fait enlever du bord de la mer; et me mit en main une lunette d'approche, qui n'étoit guère plus longue que le doigt; et cependant elle étoit si merveilleuse, qu'on voyoit à cinquante lieues les moindres objets comme s'ils étoient présents.

Dès que j'y mis l'œil, je vis un navire en pleine mer, dont tout l'équipage paroissoit effrayé de la tempête qui le menaçoit, à la réserve d'un seul homme. Le visage de cet homme étoit aussi beau que celui de mon petit pélerin, et sa taille presque aussi avantageuse que celle de mon grand benêt de génie. L'orage devint tout-à-coup si violent, que le vaisseau fut englouti par les flots conjurés avec les vents, sans qu'un seul homme s'en sauvât, excepté celui que j'avois remarqué, qui, par des efforts incroyables, disputoit sa vie contre la fureur des vagues ennemies.

J'en sentis je ne sais quelle compassion qui me mit tout hors de moi : le génie crut que c'étoit l'excès du divertissement que j'avois eu qui me transportoit, et m'en sut bon gré; il me dit que je n'avois encore rien vu, et qu'il m'alloit bien autrement réjouir. Cela dit, il me fit mettre auprès de lui dans une roulette qui parut tout-à-coup. Ce ne fut pas sans inquiétude que je vis

ébranler cette machine pour se précipiter avec
nous, d'un lieu que je crus le plus élevé de la
terre, dans un abîme que je n'osois regarder. Je
n'eus pas le temps d'y faire de longues réflexions;
car dans un instant je me trouvai dans la galerie
de cristal, où nous entrâmes par l'endroit qu'il
m'y avoit jetée la première fois. De cette galerie
on voyoit distinctement tout ce qui se passoit jusqu'à la surface de la mer lorsqu'elle n'étoit point
agitée; mais il me fut impossible d'y rien démêler
alors.

Quelque temps après on nous vint dire que
cette tempête n'avoit rien produit qu'un vaisseau
de transport, avec dix ou douze matelots, quelques vivres en fond de cale, avec un beau cheval.
Le génie mon époux, ayant vu ces misérables, dit
que ce n'étoit pas la peine de ranimer des coquins
comme cela, me demanda pardon d'un spectacle
si chétif; et, pour m'en dédommager, me fit voir
en détail ce que je n'avois vu qu'en gros la première fois. C'étoit ce qu'il falloit à ma curiosité
naturelle, et je pris un plaisir extrême à lire les
histoires, après avoir examiné les portraits et les
différents habits de ceux dont on avoit renfermé
les dépouilles dans ces armoires.

Le génie, charmé de l'attention avec laquelle j'examinois toutes ces choses, eût voulu multiplier ses trésors et ses raretés pour mon amusement ; car, quoiqu'il fût jaloux à toute outrance, il n'étoit point contraignant ; au contraire, c'étoit le génie du monde le plus commode dans tout ce qui n'intéressoit point sa tendresse.

Il m'avoit laissé la fidèle Harpiane pour m'expliquer les faits qui pourroient en avoir besoin, et j'étois bien aise de prolonger la revue des armoires et de leur friperie pendant son absence : c'étoit rarement qu'il me quittoit de vue, et ce n'étoit que pour me préparer quelque divertissement de galanterie, qui me surprenoit quelquefois, mais qui ne me plaisoit jamais.

Je mourois d'envie que la mer nous envoyât mort ou vif ce malheureux, qui seul s'étoit sauvé du naufrage pour quelques moments, et j'avois un desir extrême de voir de près un homme qui m'avoit paru si charmant de loin ; car je vous ai dit à quel point je suis curieuse. Mais c'étoit inutilement que je levois, à chaque instant, la vue vers la surface des ondes ; le calme qui les avoit aplanies ne m'y laissa rien voir, et ceux qui par-

couroient par-tout à la ronde les abîmes où nous
étions, n'y trouvèrent rien que les misérables débris du vaisseau qui venoit de périr.

La fête que le génie me donna dans ces lieux
nous y retint toute la nuit. Le lendemain il me
donna le divertissement d'une pêche aux dauphins sur les bords de l'île de cristal : rien n'é-
toit plus agréable à voir que cette pêche. On embarqua dans la chaloupe dorée le plus excellent
concert de voix et d'instruments qui soit peut-être
dans l'univers. Dès que tout cela fut en pleine
mer, ce concert harmonieux se fit entendre : les
dauphins, qui sont les poissons du monde les plus
curieux, s'assemblèrent de toutes parts autour de
la brillante chaloupe, pour la considérer de près;
et, comme ils ont encore plus de goût pour la
musique que pour les objets d'éclat, ils suivoient
le concert dans un merveilleux silence, sans
s'apercevoir, tant ils étoient attentifs, que la chaloupe les conduisoit insensiblement dans une
vaste enceinte de filets, qu'on avoit tendus le
long du rivage.

Cependant l'aventure ne leur fut pas extrêmement fatale, puisqu'il n'en coûta que la liberté

aux plus beaux, que le génie faisoit mettre dans de superbes réservoirs, dans lesquels il se plaisoit à faire élever ces illustres poissons.

Au troisième voyage que fit la chaloupe, un des pêcheurs nous vint dire qu'il croyoit qu'on avoit pris le roi des dauphins, de la pesanteur dont ils sentoient les filets, et de l'agréable variété dont ses écailles brilloient au travers des flots ; mais quelle fut ma surprise quand, au lieu de ce magnifique poisson, je vis tirer du milieu des filets ce même homme que j'avois vu dans le navire avant la tempête, et que j'avois vu nager si long-temps après ! Les armes dont il étoit encore couvert étoient émaillées d'or, d'azur, et d'un nombre infini de pierreries de différentes couleurs.

Le génie, mon époux, qui ne savoit ce que c'étoit que la générosité, commanda d'abord aux pêcheurs de le dépouiller de ses belles armes, et de le rejeter dans la mer. Je cherchai par-tout des yeux ma confidente Harpiane, pour la conjurer de détourner l'exécution de cet ordre par le pouvoir qu'elle avoit sur l'esprit du génie ; mais je ne la vis point : et, comme j'allois en parler moi-même, on nous avertit que cet homme avoit encore quelques restes de vie; et le génie, qui vouloit apprendre son histoire, pour la faire écrire sur l'armoire dans laquelle on mettroit son équipage, ordonna de le secourir : c'étoit me donner la vie que de lui sauver la sienne; tant la pitié m'intéressoit pour lui! Le secours qu'on lui donna fut si prompt, qu'il ouvrit les yeux, reprit ses esprits, et fut debout en moins d'une heure.

Il parut surpris de la figure du génie; mais il n'en parut point effrayé : il comprit d'abord que tout ce qu'il voyoit dans ces lieux enchantés étoit au pouvoir de cette figure. Il tourna les yeux sur moi; mais il ne les y tint qu'un moment, jugeant bien que nous étions l'un et l'autre en la puissance de celui qui nous éclairoit de si près. Je ne sais comment il se trouva de ce regard; mais je m'en trouvai tout-à-fait gâtée. Il fit un compliment à mon époux sur le secours qu'il en avoit reçu, qui, sans avoir rien de bas ou de servile, étoit plein de reconnoissance et d'insinuation. Il en parut tout radouci : pour moi, j'y trouvai tant d'esprit, que j'en pensai tomber à la renverse. Après cela, sans attendre qu'on l'interrogeât, il nous dit que le désir de s'éprouver dans une aventure fameuse,

que personne n'ignoroit, l'avoit obligé de s'embarquer au port de Florispahan, pour se rendre
auprès de Mousseline la Sérieuse, moins pour ses
beaux yeux que pour la gloire que cette aventure
offroit au milieu de tant de périls; que, le qua-
trième jour de sa navigation, une tempête effroyable avoit fait périr son navire avec tous ses
gens, sans pouvoir s'imaginer de quelle manière
les flots l'avoient mis assez près de ces rives hos-
pitalières pour y pouvoir être secouru; qu'au
reste il n'auroit aucun regret d'avoir fait naufrage, puisque ce petit malheur l'avoit jeté dans
les états du prince le plus magnifique et le mieux
fait de l'univers, si ce n'étoit qu'il y voyoit une
femme, qui étoit la chose du monde pour laquelle
il avoit le plus d'aversion.

Ce discours et ces manières ne pouvoient manquer de plaire à mon génie, qui étoit l'animal du
monde le plus avide de louanges, et le plus susceptible de jalousie, et qui, dès ce moment, prit
tant de goût à sa conversation, qu'il ne pouvoit
plus se passer de lui. Il affectoit de m'éviter par-
tout; et, bien loin de me regarder lorsque le
génie, qui ne me quittoit que rarement, le faisoit venir où j'étois, il me tournoit toujours le

dos, sans jamais m'adresser la parole. Cela me
mettoit au désespoir; car plus je m'étois imaginé,
par toutes ces impolitesses, qu'il me haïssoit, plus
je voulois lui plaire.

Le génie mouroit de rire, voyant la contrainte
où ma présence le mettoit ; il lui faisoit même la
guerre de son aversion pour un sexe qui faisoit
tout le bonheur des hommes, et se tuoit de lui
dire que, s'il vouloit seulement me regarder un
moment entre deux yeux, il étoit persuadé que
son aversion s'apprivoiseroit. Il n'en falloit pas
davantage pour le faire sortir des lieux où j'é-
tois, comme si on lui eût proposé quelque chose
d'horrible. A la fin on l'importuna tant, qu'il
voulut bien me regarder, à la charge qu'on ne
lui en parleroit plus. Je faisois des façons aussi
de mon côté, tant pour marquer un véritable
dépit à l'étranger, que pour me parer d'une feinte
délicatesse en présence de mon époux; si bien
qu'il fut obligé de se mettre derrière moi pour
me tenir la tête à deux mains, de peur que je
n'évitasse les regards de son nouveau favori. Oh !
que j'y aurois perdu, si je les avois évités ! car,
tandis que ce baudet de génie se tourmentoit le
corps et l'ame pour faire lorgner sa femme, les

yeux du charmant étranger faisoient leur devoir ; ils m'apprirent qu'on mouroit d'amour pour moi, et que toutes ces marques d'aversion n'étoient qu'un jeu joué.

Cette première scène finie, celui qui l'avoit imaginée triomphoit, et demandoit à l'étranger comment il s'en trouvoit. Si mal, dit-il, que, si cela m'arrivoit plus souvent, j'en deviendrois fou ; et peut-être même que mes emportements n'épargneroient pas la déesse, votre épouse, dans ces premiers transports. Je crus entendre ces menaces ; et, dès ce moment, je me sentis un desir violent de me voir la proie des emportements dont on m'avoit menacée, et tout cela par curiosité.

Cependant le génie, fort étonné que l'insensibilité de son cœur, au lieu de céder à cette épreuve, n'eût fait que se changer en fureur, lui dit qu'il n'en vouloit pas avoir le démenti, qu'il étoit résolu de lui faire voir qu'une femme, faite comme j'étois, n'étoit pas une créature contre laquelle il fût permis de se gendarmer ; et que, puisque les charmes de mon visage n'y avoient rien fait, il falloit que ceux de ma personne, depuis les pieds jusqu'à la tête, en vinssent à bout. Jugez, seigneur, si l'extravagance d'un jaloux peut aller plus loin.

Notre charmant hôte fit semblant de changer de couleur à cette proposition, et ne manqua pas de demander son congé plutôt que de se voir exposé chaque jour à des complaisances dont il se connoissoit incapable. Le sot génie, dans le dessein de le tromper, l'assura qu'on le laisseroit en repos, et qu'il ne seroit plus question de moi ni de mes appas, puisque sa prévention lui donnoit tant d'horreur pour une chose dont il n'auroit prié que lui seul dans l'univers. Mais tout cela, comme j'ai dit, n'étoit que pour le tromper plus finement; et voici comme il s'y prit.

Il fit faire une armoire de cristal semblable à celle que vous voyez ; il la plaça dans le magasin des naufrages parmi les autres, après l'avoir couverte d'un rideau de taffetas vert en broderie d'or. Cela fait, il me communiqua son dessein, qui étoit de m'y renfermer toute nue ; de manière pourtant qu'il n'y eût que lui seul qui pût l'ouvrir, de peur d'accident. Je mourois d'envie de communiquer ce beau projet à l'étranger ; jamais je n'en pus venir à bout, obsédée comme j'étois par mon éternel génie. Mais, comme l'é-

tranger avoit plus d'esprit et de pénétration que
tous les étrangers du monde, je ne doute pas
qu'il n'eût deviné quelque chose de ce qu'on
avoit prémédité pour le surprendre ; et vous l'allez voir.

Tout étant disposé pour cette nouvelle scène,
le génie s'avisa, pour l'amener plus naturellement,
de demander à son illustre hôte s'il n'avoit point
fait provision d'armes pour son expédition, selon l'usage des autres aventuriers. L'autre lui dit
qu'il se souvenoit bien qu'il étoit armé le jour
de son naufrage ; mais qu'il ne savoit ce que ses
armes étoient devenues, à la réserve de son épée,
qu'on avoit eu la bonté de lui laisser. Eh bien !
dit le génie, je vous ferai demain voir le seul
endroit que vous n'ayez pas encore vu depuis
que vous êtes ici : peut-être aurez-vous des nouvelles de vos armes dans ce lieu ; du moins y
verrez-vous quelque chose d'assez digne de votre
attention : je vous y laisserai seul, de peur que
ma présence ne vous obligeât à précipiter l'examen de plusieurs raretés qu'il est bon de visiter à
loisir ; car je gage que vous n'avez jamais rien vu
de plus curieux que ce que renferment les ar-

moires de ceux dont vous verrez les portraits et
les noms au-dehors.

Et moi, dit l'étranger, je gage que de tous ces
noms il n'y en a pas un qui soit si curieux que le
mien. Et qu'a-t-il, dit mon génie, pour être si
curieux ? La grace de la nouveauté, répondit-il,
puisque je m'appelle Facardin, et qu'il n'y a pas
un autre nom de cette espèce dans l'univers. Oh!
pour celui-là, je vous l'accorde, dit le génie;
mais, mon ami Facardin, puisque Facardin y a,
vous tomberez d'accord du reste.

Le lendemain mon jaloux m'enferma lui-même
dans l'armoire de cristal, dans l'état où je vous ai
dit, après m'avoir bien exagéré la surprise où seroit l'étranger, et le plaisir que j'aurois de voir
son étonnement. Mais je fus piquée de connoître
que cette armoire étoit inutilement transparente,
puisqu'elle ne se pouvoit ouvrir, ni par-dedans,
ni par-dehors. Le rideau fut tiré par-dessus,
et le génie se pressa de faire conduire son hôte
dans la salle où j'étois renfermée, après en être
fidèlement sorti lui-même selon sa promesse.

Le cœur me battoit d'impatience, malgré la
douleur où j'étois de me voir renfermée sans res-

source, principalement quand je songeois que le
beau Facardin pourroit bien oublier mon armoire, en examinant les autres, ou ne se pas
aviser de tirer le rideau qui la cachoit : mais je
ne fus pas trop long-temps dans cette inquiétude :
il y vint tout d'abord ; et, pour ne pas perdre le
temps que mon animal s'imagina qu'il donnoit à
la visite du reste, il tira mon rideau, et parut si
charmé de la manière dont on m'exposoit à ses
yeux, qu'après quelques légers efforts pour me
délivrer plus paisiblement, il mit cette prison
fragile en mille morceaux de deux coups d'épée.

Comme il ne prétendoit pas m'avoir rendu ce
service en vain, et que j'avois le cœur rempli
d'une honnête reconnoissance, toute sa curiosité
se borna à la visite des merveilles dont on avoit
à toute force voulu lui donner la connoissance ;
et la mienne en fut si satisfaite, que je crus que
le mérite de tous les pélerins et de tous les génies
de la terre étoit renfermé dans le seul Facardin
qui fût au monde. Nous convînmes des rôles que
nous devions jouer pour rendre raison de la ruine
de mon armoire, et pour la conduite que nous
devions tenir ensuite ; mais cette **dernière précaution** fut bien inutile, comme vous allez voir.

Le charmant étranger tira ses belles armes de l'endroit où je lui dis qu'elles étoient ; et, s'en étant couvert, je crus voir le dieu Mars, qui, sortant de chez la belle Vénus, emportoit tous les charmes de son fils. Il étoit presque aussi grand que le génie, comme je vous ai dit ; mais cette taille avantageuse ne gâtoit rien dans une figure toute gracieuse. Il sortit de la salle des armoires l'épée à la main : le génie, qui revenoit, fut surpris de le voir tout armé ; mais il le fut encore plus lorsque, se plaignant à lui de la supercherie qu'on lui avoit faite, il lui dit qu'après avoir tiré le rideau vert, il avoit été tellement indigné de voir une statue de femme sans habits, que dans les premiers mouvements de sa colère il avoit mis sa niche en pièces, et qu'il croyoit même cette statue fort endommagée du coup d'épée qu'il venoit de lui donner.

Il n'en fallut pas davantage pour alarmer mon amoureux génie, qui, sans lui répondre, courut à mon secours. J'étois toute plate à terre, où je faisois semblant d'être évanouie lorsqu'il arriva : mais, voyant que je n'avois aucune blessure, ses alarmes cessèrent ; et, lorsque j'eus la bonté de revenir de mon évanouissement, il se tenoit les côtés de rire, au récit que je lui fis de la fureur où s'étoit mis l'étranger, et de l'horrible frayeur où m'avoit mise un emportement si brutal. Il ne fut pourtant pas content de ce qu'il ne s'étoit pas donné le temps d'examiner tous les charmes dont j'étois pourvue, avant que de casser mon armoire; car la grande folie de mon époux étoit que tout le monde connût le prix d'un trésor dont lui seul étoit en possession : et je vis bien à sa mine qu'il étoit résolu de nous remettre ensemble par quelque nouveau stratagème. Mais la fortune en disposa tout autrement : le charmant Facardin ne se trouva plus depuis ce jour ni dans l'île où nous sommes, ni dans le rocher de cristal, quoiqu'on les parcourût, un mois durant, l'un et l'autre pour le chercher.

J'en tombai dans un chagrin si violent, que je n'en étois pas connoissable : le mérite de celui dont je regrettois l'absence étoit bien capable de produire cet effet; cependant la curiosité me parut y avoir encore plus de part, et je ne pouvois me consoler de n'avoir pu satisfaire l'envie que j'avois de savoir si cet étranger seroit aussi charmant dans une seconde entrevue, qu'il m'avoit paru dans la première.

Comme la complaisance de mon génie ne s'é-
puisoit point pour moi, l'ennui dont j'étois lui
fit de la peine : il se mit donc en tête qu'il falloit
changer d'air pour me remettre, et voyager pour
me divertir. Je fus charmée du projet; mais je
ne fus pas contente des précautions qu'il prit
pour l'exécuter; car il fit faire une armoire de
cristal semblable à la première, et c'est justement
celle que vous voyez; il m'y enferma tout habillée, me chargea sur son dos, et commença ses
voyages par le fond de la mer. Nous en sortions
pour nous reposer, et pour nous rafraîchir dans
les endroits les plus délicieux de son rivage. Il ne
manquoit pas de me tirer de mon étui dans ces
occasions, et de s'endormir, la tête sur mes genoux, d'un sommeil si profond, que j'avois toutes
les peines du monde à le réveiller quand il étoit
question de partir.

J'avois espéré que pendant mes voyages la fortune pourroit me donner des nouvelles de l'excellent Facardin; mais, comme rien ne l'offroit
à mon impatience, et que j'étois outrée de servir par-tout de chevet à ce mâtin de génie qui ne
faisoit que ronfler, ma curiosité naturelle vint à
mon secours; elle me demanda comment je pour-

rois faire pour tromper un jaloux qui me portoit sur son dos bien empaquetée quand il ne dormoit pas, et qui ne dormoit jamais que sur moi ; je lui répondis qu'il falloit voir. Pour cet effet, je m'exerçai d'abord à me tirer de dessous lui sans l'éveiller ; et, voyant qu'il n'y avoit rien de plus facile, et que je me promenois des heures entières sans qu'il songeât à remuer de l'endroit où je posois sa vilaine tête, je fis l'autre épreuve à la première occasion qui s'en présenta. Je trouvai cela si plaisant, tant pour la rareté du fait que pour la vengeance, que ma curiosité, toujours fertile en nouvelles idées, me persuada de ne point cesser que je n'eusse porté ces innocentes épreuves jusqu'à la centième infidélité, m'assurant que je me divertirois extrêmement aux différentes excuses et aux indignes frayeurs de tous ceux que la présence du génie épouvanteroit. J'avois sur moi ce clavier que vous voyez si chargé de bagues ; et ce sont celles des personnes qui m'ont assistée dans mes infidélités, et dont aucun ne s'y est porté que de la plus mauvaise grace du monde ; mais sur-tout les deux **derniers, qui me parurent les coquins les plus lâches et les plus effrayés qui fussent dans l'univers.**

Comment dites-vous cela, Trébizonde mon ami? dit le sultan en l'interrompant. Seigneur, poursuivit l'autre, je disois que la vertueuse Cristalline, ayant mené ses aventures jusqu'à la quatre-vingt-dix-huitième, me conta que les deux qui fournirent les deux dernières bagues, étoient des misérables qui mouroient de peur. Elle en a menti, dit le sultan: mais poursuivez votre histoire; nous en parlerons une autre fois.

Le prince de Trébizonde, pour obéir à son souverain, dit que la nymphe du rocher poursuivit ainsi:

Mon clavier ayant le nombre accompli de bagues que j'avois résolu d'y mettre, je m'ennuyai de tromper un jaloux si stupide, et je résolus de donner quelque autre amusement à ma curiosité: mais la fortune, qui m'avoit favorisée jusqu'alors, me tourna le dos lorsque j'y songeois le moins.

Nous étions de retour depuis quatre mois et quelques minutes; je ne fus pas fâchée de me voir dans une prison moins étroite que celle que j'avois eue pendant mes voyages. Le rocher d'argent, le pavillon où nous sommes, et le palais des **naufrages**, étoient des lieux qui, dans leur **variété, m'offroient** par-tout des agréments sin-

guliers : mais de toutes ces habitations, la salle
des armoires étoit celle que le souvenir du merveilleux Facardin me rendoit la plus agréable.
Je m'y étois un jour renfermée avec Harpiane
pour en parler : cette fille ne l'avoit jamais vu ;
mais, comme elle étoit dans mes intérêts, elle
mouroit d'impatience de le voir, aux merveilles
que je lui contois, et de sa taille, et de la gentillesse de son procédé.

Nous ne savions comment faire pour en avoir
des nouvelles ; car, quelque esprit qu'elle eût,
et quelques expédients que me fournît ma curiosité, nous ne pûmes jamais en venir à bout,
environnées comme nous étions de la mer.

Si vous aviez une épée, me disoit-elle, je vous
l'irois chercher moi-même. Et pourquoi faut-il
une épée ? lui dis-je. C'est, me répondit-elle,
que la chaloupe dorée est le seul bâtiment qui
soit en ces lieux, et que cette chaloupe est immobile, excepté lorsque le génie la touche lui-
même, ou lorsqu'on y peut entrer l'épée à la
main. Comme nous n'avions ni l'un ni l'autre de
ces moyens, nous n'y songeâmes plus.

Je ne sais ce que j'avois prétendu faire des
bagues dont j'avois fait un si beau recueil ; mais

II. 9

je les avois toujours sur moi sans avoir jamais
songé à les examiner. Cette malheureuse curiosité me prit un jour, et le génie me surprit au
milieu de cette occupation.

J'en fus toute troublée : cet embarras lui fut
suspect. Il fut étonné de ce grand nombre de bagues, et me demanda où je les avois prises.
Comme je le vis tout changé en me faisant cette
question, je vis bien que c'étoit la jalousie en
propre personne qui m'interrogeoit par sa bouche;
et, comme il n'y a pas au monde de bête si vilaine
et si terrible en même temps qu'un jaloux quand
il interroge, je me jetai toute plate à ses genoux
pour lui demander pardon d'un crime que je
n'avois pas commis, afin de cacher celui dont
j'étois coupable. Je lui dis donc que j'avois volé
ces bagues dans les armoires des noyés. Ce fut
ce qui redoubla ses soupçons; car il avoit lui-
même recueilli toutes ces bagues qu'il avoit ren-
fermées ailleurs, et le nombre de ces bagues ne
montoit pas à plus de quinze ou vingt, au lieu
qu'il en trouva cent bien comptées au clavier
qu'il m'arracha. Il les examina toutes l'une après
l'autre, sans trouver celle qu'il sembloit chercher; et, voyant que je ne savois plus ce que je

disois pour m'excuser après ce premier mensonge, il devina si bien toutes les circonstances de mes transgressions, qu'il prononça ma sentence sur-le-champ. Il me condamna donc à être brûlée toute vive au bout d'un an, si je ne trouvois, avant ce terme, quelque aventurier qui pût, dans une seule nuit, retirer de mon clavier toutes les bagues que j'y avois mises pendant l'année de nos voyages; que tous les efforts humains ne les en pouvoient faire sortir que l'une après l'autre, et que ce n'étoit que la manière dont je les avois acquises qui pût les ébranler de l'endroit où l'on prendroit soin de les attacher avant ces épreuves.

Voilà l'arrêt du monstre; ses ministres furent chargés de l'exécution. Il disparut depuis ce jour pour je ne sais quelle expédition dont il ne me souvient plus; et, depuis ce jour, la plupart de ceux que la chaloupe dorée a conduits ici ont lâchement refusé de tenter une aventure où, par un léger service, il est question de me sauver la vie. J'avois toujours espéré que, parmi ceux dont Harpiane alloit par-tout implorer le secours, l'invincible Facardin pourroit se trouver, persuadée qu'il mettroit à fin cette aventure : mais c'est inutilement que je m'en suis flattée;

9.

la fortune le refuse à tous mes vœux : elle **ne m'a**
jusqu'à ce jour présenté que des malheureux, **qui**
ont mieux aimé choisir l'habillement et l'occupation où vous les avez vus, pour le reste de leur
vie, que de regarder seulement l'aventure **dont**
il est question, après m'avoir vue sortir du bain.
On vous a sans doute instruit du reste des conditions, et de tout ce qui peut y avoir quelque rapport ; le temps presse, vous savez en quoi consiste cette aventure : il ne reste plus qu'à voir ce
que le cœur vous en dit afin de faire mettre la
pendule sur la minute que vous vous mettrez au
lit ; douze heures qu'on vous donne sont autant
qu'il en faut, pour me sauver la vie, à un homme
fait comme vous.

Tel fut le récit des aventures de la modeste
Cristalline ; telle fut la proposition qu'elle me
fit en finissant son histoire ; et voici ma réponse
mot pour mot: J'ai juré de faire mon possible
pour vous délivrer, ou pour vous secourir ; mais
je n'ai pas juré de faire l'amour, au lieu de faire
la guerre. Il me seroit aussi facile, sans vanité,
de mettre fin à l'aventure, de la manière qu'on
propose, que par la voie des armes : mais, comme
la gloire m'invite à l'une, et que votre personne,

toute merveilleuse que vous la croyez, ne m'invite point du tout à l'autre, je vais me frayer un passage, les armes à la main, au travers de votre écorcheur, de votre horloger, de votre serrurier et de vos femmes mores, de votre entremetteuse Harpiane, de son autre compagne, et finalement au travers de toute la canaille qui file dans ces lieux. Voyez donc le parti qu'il vous plaira de prendre : si c'est celui de me suivre, je vous garantirai du supplice qu'on vous prépare, au péril de ma vie : si c'est, au contraire, celui de rester ici pour me trahir, je vous déclare que vous serez la première à qui je couperai la tête, si l'on m'attaque.

La dame couchée parut plus morte que vive à cette menace ; elle sauta de son lit à terre, m'embrassa les genoux, et me dit qu'elle ne demandoit pas mieux que de me suivre par tout le monde ; mais elle me conjura d'écouter l'avis qu'elle avoit à me donner pour faciliter mon entreprise.

A ces mots elle prit une robe de chambre, se remit au lit, et me dit qu'elle alloit sonner trois fois, à trois différentes reprises ; qu'à la première, celui qui régloit la pendule ne manqueroit pas de venir pour la mettre sur l'heure où de-

voit commencer l'épreuve ; que, la seconde fois
qu'elle sonneroit, le serrurier viendroit voir combien on avoit ôté de bagues du clavier ; qu'à la
troisième je verrois accourir le sacrificateur à la
grande barbe, pour me délivrer, si je m'en étois
rendu digne par l'accomplissement des épreuves,
ou pour me livrer entre les mains de ses ministres, en attendant qu'il m'écorchât, au cas que
j'eusse entrepris l'aventure sans l'achever ; que
ces trois personnages étoient les principaux, les
plus dangereux, les plus cruels de tous ceux que
le génie, son époux, avoit laissés pour la garder
et pour exécuter ses ordres ; que, les ayant at-
tirés dans l'endroit où nous étions, l'un après
l'autre, comme elle venoit de dire, j'en disposerois
à ma volonté. Cependant, poursuivit-elle, comme
vous avez suffisamment éprouvé que le clavier
enchanté ne se peut ouvrir par la force, peut-
être pourriez-vous douter qu'on en pût venir à
bout par les voies de la douceur ; c'est pourquoi
votre curiosité peut se satisfaire sur ce point avant
que d'en venir à l'autre extrémité.

Sonnez, sonnez, madame Cristalline, lui dis-
je ; je ne suis pas né si curieux que vous.

Oh ! que c'étoit bien parler ! dit le sultan ; je

crois que j'aurois fait tout comme vous : car plus
les femmes sont curieuses, plus il leur faut faire
voir qu'on est exempt de cette foiblesse : mais
poursuivez ; car ce récit me paroît si divertissant,
que je passerois ma vie à vous écouter. Vous étiez
donc en robe de chambre, en bonnet de nuit,
en mules, et l'épée à la main, au chevet de la
nymphe de cristal, quand vous lui dites de sonner ; car vous voyez que je me souviens de tout.
Eh bien ! après ?

Après, dit le prince de Trébizonde, je me levai dans l'équipage que votre prudente altesse vient
de dire ; et, m'étant posté justement auprès de
la porte du pavillon, de manière que ces messieurs ne pouvoient me voir qu'ils ne fussent en-
trés, la dame curieuse sonna. L'homme à la pendule ne manqua pas d'entrer, et je ne manquai
pas de lui couper la tête ; j'en fis autant au serrurier ; et, comme je faisois signe à la nymphe
de sonner le sacrificateur, elle leva la main droite,
et, me parlant des doigts de cette même main,
elle me dit que les deux officiers que je venois
d'expédier devoient, selon les fonctions de leurs
charges, entrer l'un après l'autre en peu de temps,
l'un pour régler l'heure, l'autre pour compter les

bagues qui sortiroient du clavier, et qu'ils avoient
le privilége de rester dans le pavillon, depuis le
commencement de l'épreuve jusqu'à la fin ; mais
que c'étoit une moquerie de sonner le troisième
sitôt, puisqu'il n'y avoit point d'apparence qu'il
pût croire qu'on eût mis fin à l'aventure en si
peu de temps, et encore moins qu'on se pressât
de le faire venir, ne l'ayant pas achevée ; qu'elle
me conseilloit donc d'attendre encore trois ou
quatre heures, pendant lesquelles nous aurions tout
le temps qu'il nous faudroit pour faire une ouverture au derrière du pavillon, par laquelle il nous
seroit moins difficile de nous sauver pendant l'obscurité de la nuit que par la porte, toujours envi-
ronnée d'une infinité de gens armés. Après ce
discours, elle baissa la main dont elle venoit de
m'entretenir.

Comme je tenois mon épée de la main droite,
je lui fis réponse de la gauche ; car je parle aussi
facilement de l'une que de l'autre. Je lui répondis donc que Facardin de Trébizonde n'avoit pas
coutume de sortir par la porte de derrière pour
éviter le péril ; que je n'avois que faire de son
ouverture pour me tirer d'affaire ; et que, si elle
n'avoit la bonté de sonner tout à l'heure pour

faire venir son bourreau de pontife, j'étois résolu de l'aller chercher pour l'envoyer après ses deux compagnons.

Je n'eus pas plus tôt cessé de parler, c'est-à-dire, de remuer les doigts, que les siens reprirent la parole pour me dire que, puisque telle étoit ma résolution, elle me conjuroit au moins de prendre un de ces rouets, et de le mettre à mon bras gauche pour me servir de bouclier, d'autant que les satellites qui s'opposeroient à mon passage avoient tant de vénération pour ces machines, qu'ils perdroient plutôt la vie que de se hasarder à les briser, tant elles étoient précieuses au génie, leur souverain maître.

Ce conseil ne me déplut pas tant que les deux premiers; et, dès que je me fus saisi du premier rouet, la vertueuse Cristalline sauta du lit à terre, prit l'autre, et me conseilla de sortir au lieu d'attendre l'ennemi, parceque nous pourrions le prendre au dépourvu, ne songeant à rien moins qu'à cette téméraire sortie.

Elle n'en fut pas dédi*e: nous sortîmes à l'improviste du pavillon de Darius. L'étonnement des gens armés qui l'environnoient fut tel, que j'en tuai cinq ou six avant qu'ils eussent le temps de

se reconnoître ; le reste se mit en fuite avec des
hurlements épouvantables. Je les poursuivis un
peu trop chaudement ; car le sacrificateur, que
j'avois laissé derrière, tandis que je le cherchois
en avant, quitta l'autel qu'il m'avoit fait préparer,
et me suivit avec une douzaine de ses ministres,
qui portoient chacun une grosse chaine pour
m'enchaîner.

Cristalline m'en avertit par un grand cri, qui
me fit retourner. On n'osoit approcher d'elle à
cause qu'elle se couvroit du respectable rouet, et
que, par-dessus cette protection, elle filoit lorsqu'elle étoit trop pressée ; ce que les plus déter-
minés de nos ennemis n'osoient regarder sans se
prosterner le visage contre terre. Ce fut dans une
de ces humiliations que je coupai la tête au maudit grand-prêtre, sans respecter ni sa longue
barbe, ni son caractère.

Après cet exploit, le reste fut plutôt une déroute qu'un combat : je tuai tout ce que je pus
joindre sans m'amuser à faire des prisonniers ; et,
traversant le rocher de cristal sans le moindre
obstacle, je fis entrer l'épouse du génie dans la
**chaloupe dorée. Je m'y mis après elle ; et, dès
que j'y fus, la chaloupe se mit à voguer comme**

une folle, sans nous demander où nous voulions aller.

Je ne cèlerai point à votre hautesse que ma joie fut si grande d'avoir mis à fin cette aventure, que je ne me souvins de mes armes que lorsque nous fûmes en pleine mer. Ce m'étoit une espèce de reproche de les laisser dans ce lieu par une retraite précipitée ; et, ne voulant pas que le génie, à son retour, les érigeât en trophée, je voulus faire retourner la chaloupe à l'endroit d'où nous étions partis : mais la chaloupe n'en voulut rien faire ; et, malgré tous mes efforts, nous abordâmes à un rivage où nous trouvâmes bonne compagnie, comme vous verrez dans la suite de ce récit.

Je vous ai dit le désespoir où j'avois été de ne pouvoir retourner au rocher de cristal pour y reprendre mes armes : ce fut tout autre chose lorsque je vis que la chaloupe voguoit tout droit à ce rivage. Il étoit bordé d'un nombre infini de peuple ; des gens à cheval superbement armés s'y promenoient, et je voyois dans l'éloignement des tentes et des pavillons tendus au milieu d'une prairie bordée tout autour de grands arbres, dont le feuillage sembloit y former une ombre délicieuse.

Ce peuple et ces chevaliers, surpris du spectacle que nous leur offrions, étoient accourus jusqu'au bord de la mer, d'où, nous contemplant avec des lunettes d'approche, ils marquoient leur étonnement à mesure que nous approchions du rivage. J'étois tellement outré de me voir contraint de débarquer au milieu de cette assemblée, avec une demoiselle presque en chemise, moi, l'épée à la main, en robe de chambre, en mules, et n'ayant pour tout équipage dans notre vaisseau que deux rouets à filer, que je fus tenté de me jeter de cette maudite chaloupe au beau milieu de la mer, pour ne pas aborder en cet état. Il fallut pourtant aborder. J'étois dans une confusion à faire pitié : j'avois la tête baissée ; je n'osois lever les yeux, et je ne savois où me cacher. Mais la dame Cristalline n'étoit pas si décontenancée ; elle ne fut pas plus tôt débarquée avec son rouet, qu'elle se mit à filer ; et, quoiqu'on ne portât pas le même respect à cette filerie qu'on avoit fait dans l'île du pavillon, tout ce qui nous avoit vus débarquer ne laissa pas de s'assembler autour d'elle.

Je m'étois attendu qu'on nous recevroit avec
des éclats de rire, et force huées de moquerie :
mais, voyant tout le contraire, je pris courage.
Je levai les yeux, et je fus surpris de voir que
tous les hommes de distinction étoient dans un
équipage pour le moins aussi ridicule et tout
aussi bizarre que le mien, quoique ce fût de différentes manières.

Trois de ceux que j'avois vus à cheval mirent
pied à terre pour me recevoir ; et deux de ces
trois firent pousser un cri d'étonnement à Cristalline, et bientôt après la jetèrent dans des éclats
de rire à n'en pouvoir plus. Je lui tins compagnie :
celui qui m'aborda le premier me dit civilement
que ce n'étoit rien fait que de ne pas filer moi-
même. C'étoit l'homme le plus grand et le mieux
fait que j'eusse jamais vu. Il portoit une marmite
de cuisine sur la tête au lieu de casque, et une
grande broche lui pendoit au côté en guise d'é-
pée : du reste, ses armes étoient toutes brillantes
d'or, d'azur et de pierreries : cet habillement et
le sérieux dont il me parla auroient fait rire un
criminel sur la roue.

Je ne vous demande point, dit-il, d'où vous
venez ; la chaloupe dorée, la princesse que voilà,

et votre épée teinte encore du sang d'un ennemi
redoutable, me font assez connoître qu'il faut
que vous soyez un des plus vaillants hommes du
monde en guerre comme en amour; je vous en
fais mon compliment : mais dans l'aventure que
vous venez tenter, ce n'est pas assez d'être héros, il faut être plaisant. Ainsi je vous conseille
de prendre le rouet des mains de votre compagne, et de filer un peu vous-même devant
nous.

Je ne savois de quelle manière prendre cette
raillerie, lorsque celle qu'il appeloit ma compagne
courut à lui, les bras ouverts, en lui disant :
Ah! mon cher et bien-aimé Facardin, la fortune
enfin vous rend à toute l'impatience de ma première curiosité! Cristalline la curieuse, dit-il en
la repoussant, d'autres temps, d'autres soins! il
n'est pas à présent question de vous : quel climat
du monde n'est pas instruit des conditions d'un
enchantement que ce redoutable chevalier vient
de rompre? et quelle curiosité dans l'univers n'en
seroit pas satisfaite?

La bonne Cristalline parut un peu mortifiée de
cette réception : mais elle n'en perdit pas courage. Elle courut avec le même empressement

vers l'autre ; mais ce fut avec le même succès : il
ne daigna pas seulement la regarder ; et, la repoussant encore plus rudement que n'avoit fait
le premier, il se tourna vers moi pour me parler. Il étoit plus beau que le jour, et voici comme
il s'étoit mis.

Son front étoit ceint d'une lisière de cuir en
forme de diadème ; de cette lisière s'élevoit un
nombre infini de plumes flottantes : il portoit une
cuirasse d'acier luisant, dessous cette cuirasse un
tablier de cuir assez crasseux : il tenoit d'une
main une alène, de l'autre la forme d'un soulier ;
et au bout d'une espèce de chaine, composée
d'un petit cordon tout poissé, pendoit un chausse-
pied tout des plus vulgaires. Dans le temps qu'il
ouvroit la bouche pour me parler, le troisième
vint me faire la révérence. Je vis bien que ce
troisième n'étoit pas de la connoissance de la
nymphe Cristalline ; car sa curiosité n'eut rien
à lui dire : cependant sa figure et son habillement
étoient assez dignes de la curiosité de tout autre.

Il étoit d'une taille très médiocre, pour ne pas
dire très petite : il portoit un casque qui représentoit parfaitement la tête d'un coq, dont la
crête lui servoit de cimier : à chaque bras il

avoit une espèce de bouclier couvert de plumes;
et croisant ces deux boucliers sur son dos, on
eût juré que c'étoient les ailes d'un coq : sa cuirasse, couverte aussi des mêmes plumes, formoit
l'estomac de l'oiseau; une touffe épaisse de longues plumes retroussées sembloit s'élever de son
échine; chaque jambe étoit armée d'un éperon
doré, au-dessus de la cheville du pied; et, pour
que rien ne manquât à la ressemblance de ce
qu'il vouloit représenter, il battit trois fois de
ces boucliers déguisés en ailes, et trois fois imita
si parfaitement le chant du coq, qu'il n'y a point
de poule au monde qui ne s'y fût méprise.

Comme je ne pouvois m'imaginer ce que tout
cela vouloit dire, je prévins les questions qu'ils
étoient sur le point de me faire, pour les supplier
de me dire en quel endroit de la terre nous étions;
ce que tant de figures si différemment travesties
pouvoient signifier; et pourquoi il leur avoit pris
en fantaisie, à eux trois particulièrement, de s'habiller en emblèmes.

Il n'est pas vraisemblable, me dit le grand Facardin, que vous en ignoriez le sujet, puisque,
de la manière que vous voilà mis vous-même,
vous ne vous rendez ici que pour le même des-

sein. Nous étions les derniers venus avant votre
arrivée; c'est à nous à vous demander si vous
voulez vous engager dans l'aventure, soit que
vous la sachiez, ou qu'elle vous soit inconnue.
Si vous y consentez, vous serez des nôtres; si-
non, vous aurez tout ce qui peut vous être nécessaire pour continuer votre route.

Je leur dis que je ne demandois pas mieux que
de me signaler avec eux dans quelque entreprise
que ce pût être, et je leur en donnai ma parole.
Puisque cela est, dit celui qui portoit le chausse-
pied en médaille, c'est à moi, comme au dernier
venu des trois, à vous recevoir, à vous conduire,
à vous informer de quoi il est question dans ces
lieux, et à commencer à vous rendre compte le
premier des aventures qui m'ont conduit ici :
mais ce ne sera, s'il vous plait, qu'après vous
avoir conduit à l'un des pavillons que vous voyez
sous ces arbres, pour vous rafraichir et pour vous
reposer. Peu de gens ignorent l'enchantement
du rocher de cristal; vous avez mis à fin l'aventure du clavier en délivrant madame que voilà;
venez vous remettre de vos fatigues; et, tandis
qu'elle filera auprès de vous, je lui dirai des

II. 10

nouvelles du génie son époux, qui ne laisseront pas de la surprendre.

Ce compliment fini, messieurs les trois chevaliers demandèrent leurs chevaux, et m'en firent présenter un richement enharnaché. Le coq monta le premier, et je pensai mourir de rire quand je le vis à cheval sous cette figure, et qu'après avoir battu des ailes il se remit à chanter ; car son cheval, tout éperdu de ces deux actions, fit des sauts, des bonds et des trépignements si merveilleux, que la nymphe Cristalline, qu'on avoit mise en croupe derrière moi suivant la rubrique de ces lieux, en eut des vapeurs si considérables à force de rire, que nous eûmes toutes les peines du monde à la faire revenir.

Dès qu'elle eut repris connoissance : Belle dame, lui dit le coq, je vous suis infiniment obligé ; mais j'ai bien peur que tout cela ne réussisse pas quand il en sera question. Pour vous, valeureux chevalier, me dit-il, je vous conseille de prendre le rouet de ses mains, et de filer à votre ordinaire. A mon ordinaire ! lui dis-je ; tenez-moi pour un traître et pour un infame, si de ma vie j'ai filé. Il n'importe, dit celui qui devoit être mon maître de cérémonies, et qui portoit le tablier de cuir ; il est bon de s'exercer.

Cela dit, il ordonna qu'on fît venir le reste de mon équipage, c'est-à-dire, l'autre rouet, et que l'on conduisît la chaloupe dorée, par l'embouchure du fleuve prochain, jusqu'aux bords où l'on avoit tendu les pavillons.

Dès que nous commençâmes à marcher, nous recommençâmes à nous examiner, les étrangers et moi, depuis les pieds jusqu'à la tête. J'avois la bouche ouverte pour leur demander tout de nouveau par quel hasard ils portoient encore leur déguisement du dernier carnaval, lorsque le chevalier de l'alène, devinant ma pensée : Je vois bien, dit-il, que ce n'est point un dessein prémédité qui vous a fait débarquer ici dans l'équipage où vous êtes : il n'en est pas de même à notre égard ; et, puisque vous paroissez surpris de nos armes et de nos habillements, vous ignorez apparemment l'aventure à laquelle vous venez de vous engager. Je vais vous en informer, vous instruire de toutes ses particularités, et mettre devant vos yeux les périls et la récompense qu'elle promet.

Le roi d'Astracan, un des plus puissants princes

10.

de l'Asie, soit pour l'étendue de ses états, soit pour les mines d'or et d'argent qu'ils contiennent, soit enfin pour les manufactures de toile peinte qui le rendent fameux, se croyoit le plus malheureux de tous les hommes, au milieu de tant de grandeurs et de prospérités, parcequ'il n'avoit point d'enfants pour hériter de lui.

La reine sa femme étoit belle, jeune et bien faite, d'une taille avantageuse, et d'une santé si vive qu'on auroit juré qu'elle n'étoit point cause de l'affliction du roi. Comme elle en étoit éperdument aimée, il n'eut garde de s'en prendre à elle, ou de s'offenser de ce qu'elle rioit, depuis le matin jusqu'au soir, de son inquiétude, et de toutes les peines qu'il prenoit pour se donner un successeur: car tous les temples et tous leurs ministres n'en pouvoient plus à force d'offrir des vœux et des sacrifices pour une bénédiction si ardemment desirée. Le roi même, qui se croyoit seul coupable de son malheur, ne cessoit de se baigner, de se purger, d'aller aux eaux, et enfin de faire tout ce qu'on prescrit aux femmes pour attirer la fécondité. La reine en mouroit de rire, **comme des vœux, des offrandes et des sacrifices que l'on prodiguoit par-tout inutilement; cepen-**

dant on ne trouvoit pas mauvais que, dans une
consternation si générale, elle fût la seule qui
parût insulter à la douleur publique. La pauvre
princesse ne le faisoit point par malice, et le seul
défaut qu'elle eût étoit d'être la plus grande ri-
caneuse du siècle : tout la faisoit rire, et rien ne
la divertissoit. Le roi, son époux, avoit eu plusieurs guerres avec les princes voisins sur ce sujet ; car, dès qu'ils envoyoient faire part de quelque nouvelle funeste, comme de la mort d'un fils
unique, elle répondoit aux ambassadeurs avec
leurs manteaux traînants, par des éclats de rire
dont ils étoient si scandalisés, qu'ils sortoient de
l'audience pour faire de grandes dépêches à leurs
maîtres toutes remplies de plaintes et d'indignation, de ce que le droit des gens et la majesté
des souverains étoient violés en leurs personnes.

Cette maladie ne faisant que croître et embellir,
le roi résolut, par l'avis de son conseil, qu'elle
iroit en pélerinage à l'oracle fameux du coq ;
mais qu'elle partiroit, comme on fait dans ces
occasions, avec une suite très médiocre ; et, d'autant que le temple de cet oracle est aux portes
de Fourchimène, capitale du royaume de Bactriane, elle s'y rendit en déguisant son nom et

sa qualité, pour éviter les cérémonies et la magnificence des réceptions.

Le roi, qui la suivoit incognito, voulut lui-même exposer le sujet du voyage à la prêtresse du temple; et, tandis qu'il la consultoit sur les nécessités de la reine, elle se tenoit les côtés de rire. La prêtresse en fut indignée; cependant, après quelques gambades et quelques contorsions, voici l'oracle qu'elle prononça de la part du coq :

> Ce que le pélerin desire
> Au pélerin arrivera :
> La pélerine accouchera ;
> Mais rira bien, dans la saison de rire,
> Celui pour qui l'enfant rira.

Le commencement de cette réponse n'étoit point obscur; mais la fin embarrassoit un peu les conjectures et les raisonnements des spéculatifs. Cependant l'oracle tint parole, et la tint si bien, que la reine, au bout de neuf mois, mit au monde un fils et une fille plus beaux l'un que l'autre, et tous deux plus beaux que tous les enfants du monde ne le sont en naissant; mais il en coûta la vie à la pauvre reine, qui mourut

de rire en accouchant. Le roi ne s'en consola que
par les enfants qu'elle lui laissoit, et par la douceur de pouvoir respirer dans son palais sans
être éternellement étourdi par des éclats de rire
immodérés. Mais son destin n'étoit pas de jouir
long-temps d'un bonheur tranquille; au bout de
six mois le feu prit, au milieu de la nuit, à l'appartement de ses chères espérances. Il y courut à
la première alarme; et, quoique tout s'empressât
à son exemple, et que l'on courût au travers des
flammes pour sauver ses enfants, l'embrasement
fut si prompt et si terrible, qu'on ne put jamais
en retirer que sa fille. La plupart des officiers de
sa maison, qui, pour marquer leur zèle, étoient
restés jusqu'à l'extrémité dans les feux et la fu-
mée, revinrent à moitié grillés sans avoir pu
sauver le petit prince.

Cette perte mit tout l'état dans une désolation
extrême, et le roi refusoit absolument de s'en
consoler. Mais le temps, qui console de tout,
effaçoit insensiblement sa douleur en augmen-
tant les attraits de la princesse sa fille : c'étoit la
vivante image de la reine sa mère, hors qu'elle
étoit plus grande, mieux prise dans sa taille, plus
blanche, plus blonde, que ses yeux étoient mille

fois plus brillants, et qu'elle est à présent, s'il en
faut croire ceux qui l'ont vue, mille fois plus belle
que toutes les beautés de l'univers. Mais, hélas !
poursuivit-il avec un grand soupir, il s'en faut
bien que ceux qui en parlent de cette manière
aient vu toutes les beautés de la terre. Après cette
réflexion il resta quelques moments enseveli dans
une profonde rêverie, dont il sortit enfin pour
reprendre ainsi son discours.

Le roi, plus ébloui de ses charmes que tout son
peuple et toute sa cour, ne cessoit de se mirer
dans son ouvrage; et, la jugeant digne de toutes
les couronnes du monde, n'eut garde de songer
à de secondes noces pour lui ôter la sienne :
mais, comme son étoile ne permettoit pas qu'il
jouît d'un bonheur parfait dans sa famille, cette
princesse si merveilleuse, dont les regards étoient
armés de traits et de feu, dont toute la personne
et les moindres mouvements étoient accompagnés
d'une grace toute vive et tout animée, n'avoit
jamais ouvert la bouche pour rire ou pour parler; et ce n'étoit que lorsqu'elle bâilloit, ce qui
lui arrivoit assez souvent, qu'on voyoit les gen-
cives les plus vermeilles et les dents les plus blan-
ches qu'on verra jamais.

Le bon roi, qui, pendant l'enfance de sa fille, n'avoit cessé de louer le ciel de ce qu'elle n'avoit pas le défaut de sa mère, eût donné la moitié de son royaume, lorsqu'elle fut devenue grande, pour la voir rire tout le jour et toute la nuit; tant il étoit ennuyé d'un sérieux qui lui paroissoit encore plus insupportable! On n'épargna rien pour lui faire rompre un silence qui désoloit tout le monde, et pour la tirer d'un sérieux qui sembloit la désespérer elle-même; car on voyoit bien, par ses manières, qu'elle se divertissoit de tout sans que rien la fît rire; tous les philosophes, tous les chimistes, tous les siffleurs de sansonnets, tous les maîtres de langue et les précepteurs de tous les perroquets à qui l'on enseignoit à parler, perdoient leur temps auprès d'elle. Il en étoit de même à l'égard de son sérieux; on avoit rassemblé tous les bouffons et tous les plaisants, tant bons que mauvais, du royaume; on avoit même fait venir la plus excellente troupe des comédiens de la Chine, qui sont les meilleurs de l'univers pour la farce, sans que tout cela l'eût seulement fait sourire.

Cependant, comme les malheurs qui paroissent sans remède sont quelquefois suivis d'un désastre

encore plus funeste, il survint un accident qui
rendit bientôt le roi, la cour et toute la province,
du moins aussi sérieux qu'étoit la belle princesse.
Elle aimoit toutes sortes de divertissements, et
sur-tout celui de la chasse; une superbe maison
située dans le milieu d'une forêt délicieuse, et
distante d'une petite journée de la capitale, étoit
le séjour qu'elle avoit choisi pour cet exercice;
elle étoit plus ferme à cheval qu'une Amazone,
plus belle en habit de chasse que Diane elle-
même, et sans comparaison plus adroite.

Un jour que l'ardeur de la chasse l'avoit em-
portée plus loin qu'à l'ordinaire, et qu'elle étoit
fatiguée à force de tuer ou de poursuivre les
hôtes des bois, elle se trouva sur le bord d'un
fleuve qui passe au travers de la forêt, et justement le même par l'embouchure duquel votre
chaloupe doit nous joindre au rivage où nous
allons. Les eaux de ce fleuve sont pour le moins
aussi claires que celles de la rivière où le grand
Alexandre pensa perdre la vie; mais il s'en faut
bien qu'elles soient aussi dangereuses. Comme on
en connoissoit les qualités, on ne s'opposa point à
l'envie que la princesse eut de se rafraîchir : elle
s'y jeta donc encore toute couverte de sueur et de

poussière, sans attendre qu'on y eût tendu le magnifique pavillon de toile peinte brodée d'or et d'argent, qu'on avoit coutume d'y dresser dans ces occasions. Tous les hommes de sa suite s'étoient retirés bien loin avant qu'elle fût déshabillée ; mais deux dames et quatre filles d'honneur, qui, par ordre du roi son père, ne la quittoient jamais, parceque c'étoient les plus éternelles parleuses du royaume, s'étant jetées dans le fleuve et s'étant rangées auprès d'elle, les bords de la rivière, les bois et les rochers d'alentour furent bientôt étourdis du caquet le plus immodéré qui fut jamais.

Pour moi, je suis persuadé qu'au lieu d'apprendre à parler, à force de les entendre, selon l'intention du roi, la pauvre princesse, excédée de leur flux de bouche, avoit fait vœu d'être muette toute sa vie pour ne leur pas ressembler.

Quoi qu'il en soit, il fallut bientôt lui refaire un nouveau train ; car, tandis que la divine princesse rafraîchissoit le plus beau corps du monde dans l'eau la plus claire et la plus délicieuse qui fut jamais, ces babillardes se mirent à la louer en parlant toutes à-la-fois : l'une disoit qu'il falloit que le dieu de ce fleuve fût le plus sot pois-

son du monde de voir la beauté la plus parfaite
de l'univers dans son lit, sans donner le moindre
signe de vie : une autre s'écrioit que le bon Ju-
piter étoit apparemment bien vieilli, puisqu'il ne
se servoit d'aucune métamorphose pour rendre
ses hommages à une mortelle plus charmante que
toutes les déesses ; lui qui s'étoit transformé en
cygne et en taureau pour des créatures qui n'auroient paru que comme des servantes de cuisine,
auprès d'une beauté qui brilloit de cent mille
appas au travers de la simple mousseline dont elle
étoit couverte.

On ne sait si ce fut le dieu du fleuve, étourdi
de leur caquet, ou ceux de l'Olympe, indignés
de leur insolence, qui voulurent les en punir ;
mais, quoi qu'il en soit, elles virent que les flots
se soulevoient tout-à-coup ; et, comme elles tâ-
choient de gagner le rivage de peur de se noyer,
elles virent derrière elles un monstre dont l'é-
norme grandeur remplissoit tout l'espace qu'il y
avoit entre l'une et l'autre rive. Ce fut en vain
qu'elles s'efforçoient de grimper sur les bords de
la rivière, quoique l'eau commençât à les égaler ;
elles furent entraînées par la rapidité du courant,
et bientôt englouties comme des grenouilles dans

la vaste gueule du crocodile qui les suivoit de près.

La princesse, qui avoit vu la fin tragique de ses dames et de ses filles d'honneur, eut moins envie de rire que jamais, d'autant que le monstre, après s'être amusé à se faire curer les dents par un certain poisson qui le suit par-tout pour cela, venoit tout droit à elle. Son premier dessein fut de franchir les bords du fleuve à la faveur des flots qui les avoient déja franchis, et de prendre son arc et ses flèches pour se défendre, et pour attaquer le crocodile; mais, voyant que tous les hommes qui s'étoient retirés par respect avant qu'elle se mît dans l'eau, s'étoient rassemblés aux cris des malheureuses quand elle en voulut sortir, sa pudeur ne jugea pas à propos de s'exposer à leurs regards couverte d'une gaze mouillée. Dans cette extrémité, s'étant défaite de cette chemise qui l'auroit empêchée de nager avec liberté, elle fit tous ses efforts pour se sauver du crocodile; mais, comme il n'étoit qu'à dix pas d'elle, elle n'espéroit pas lui pouvoir échapper, lorsque, ayant aperçu sa chemise qui flottoit sur l'eau, il s'en saisit; et, comme s'il eût été content de cette précieuse dépouille, il cessa de poursuivre la belle

princesse, et disparut aussi subitement qu'on l'a-
voit vu paroître.

La rivière, qui s'étoit débordée pendant qu'il
l'occupoit, rentra dans son lit. Cela fit juger qu'il
n'y reviendroit plus, du moins pour cette fois. La
princesse, qui se trouvoit nue, ne laissoit voir
que sa tête au-dessus de l'eau. Tout ce qui lui
restoit de sa suite n'étoit composé que de ces
hommes accourus aux cris des pauvres dames que
le crocodile avoit dévorées. Elle leur fit signe de
dresser un de ses superbes pavillons à quelque
distance du fleuve; dès que cela fut fait, elle leur
fit encore signe de se retirer pour lui laisser la
liberté de sortir de l'eau. Elle eut bientôt gagné
le pavillon; et, s'étant couverte de tous ses habits, à la réserve de sa chemise, elle prit ses
armes; et, ayant joint sa suite, qui s'étoit reti-
rée par ses ordres, elle monta à cheval; et, tandis
qu'elle se rendoit au magnifique palais d'où elle
étoit partie le matin, plusieurs courriers furent
dépêchés à la cour pour informer le roi de son
aventure.

Il n'attendit pas le lendemain pour partir; toute
sa cour le suivit; et, dès la pointe du jour, il se
rendit auprès d'une fille qu'il aimoit plus que sa

vie, et que le danger où elle s'étoit trouvée sembloit lui rendre plus chère que jamais. Il pleuroit de joie en l'embrassant; ensuite il s'évanouissoit de frayeur au récit qu'on lui faisoit du crocodile. Il ramena la princesse le jour même, de peur qu'il ne s'avisât de faire une seconde visite, et qu'il ne trouvât moyen de sortir de l'eau pour faire le même ravage sur la terre.

Les réjouissances que l'on fit dans la ville, pour le retour de la princesse et pour sa délivrance, ne furent pas universelles : ceux que l'intérêt du sang, ou celui de la tendresse, animoit pour les beautés que le monstre avoit dévorées, étoient inconsolables de leur perte; et sur-tout les amants, qui ne cessoient de demander au roi la permission de parcourir les bords et les environs du fleuve jusqu'à son embouchure, pour venger la mort de leurs divinités par celle de ce maudit crocodile. Il y consentit enfin, dès qu'il eut résolu d'envoyer des ingénieurs à l'embouchure de la rivière, pour la fermer par quelque ouvrage aux approches du monstre, avec ordre pourtant de suivre toujours les rives du fleuve en descendant vers la mer, afin de ne pas l'y enfermer au lieu de lui en défendre l'entrée. Les aventuriers servant d'escorte aux in-

génieurs, s'étant séparés en deux troupes, marchèrent sur les deux bords de la rivière, depuis
l'endroit où le crocodile avoit paru la première
fois, et maudissoient la fortune de ce qu'ils étoient
déja parvenus à la moitié du cours de la rivière,
sans avoir de nouvelles de ce qu'ils cherchoient,
lorsque ceux qui suivoient la rive droite rencontrèrent un marais, qui les obligeoit à prendre un
assez grand détour. Tandis qu'ils s'y disposoient,
ils virent ceux qui marchoient sur le rivage opposé se précipiter au milieu du fleuve; ils virent
flotter un linge; et, ne doutant pas que leurs
compagnons n'eussent vu le monstre, ils se jetèrent aussitôt dans la rivière après eux : et le perfide crocodile, qui s'étoit mis en embuscade dans
les roseaux du marais, se jeta sur eux, et les traita
tous comme il avoit fait leurs parentes ou leurs
maîtresses.

Les ingénieurs avec leurs ouvriers, de qui l'affaire n'étoit pas de se signaler par des actions de
valeur ou de témérité, revinrent sur leurs pas ; et
sans eux on n'auroit jamais rien appris de la destinée des pauvres aventuriers.

Pendant qu'on déploroit leur perte, comme ils
avoient fait celle de leurs défuntes maîtresses, on

apprit que ce maudit crocodile ne gardoit plus aucune mesure dans les ravages qu'il faisoit; il avoit désolé l'une et l'autre rive de la rivière, en dévorant le bétail et les pasteurs, qui, n'ayant rien su de l'aventure, y conduisoient leurs troupeaux pour les y abreuver à l'ordinaire.

Bientôt après on vit diminuer dans la ville cette abondance de vivres, et cette profusion des choses les plus rares et les plus singulières qui servent au luxe et à la magnificence des capitales, et que la rivière y conduisoit de toutes les régions du monde : le monstre, caché, comme on a dit, dans l'épaisseur des roseaux où il s'étoit posté, d'un seul saut du marais dans la rivière, abîmoit tous les bâtiments qui la remontoient avec leurs marchandises; et les misérables qui les conduisoient devenoient sa proie. On ne sait s'il avoit entendu dire que les femmes sont naturellement plus tendres que les hommes; mais il est constant qu'il avoit tout une autre avidité pour le beau sexe qu'il n'avoit pour le nôtre.

Le roi d'Astracan étoit tellement accablé de tant de malheurs annoncés coup sur coup, qu'il ne savoit plus ce qu'il faisoit; cependant il ne savoit pas encore tous ses malheurs.

II. 11

La belle princesse, qui, à son retour, de trois cent soixante-quatorze douzaines de chemises que sa feue dame d'atours avoit eues en garde, n'en trouva point, ne put jamais en faire faire une seule qui lui convint. Après avoir épuisé les magasins de la ville et des environs, de mousseline, de toutes sortes de toile et de linge, elle fut réduite à se passer de chemise, ce qui étoit la chose du monde qui lui faisoit le plus de peine. Toutes les chemises neuves qu'elle avoit essayées paroissoient comme ensorcelées ; car celles qu'elle avoit portées le jour lui avoient ôté toute envie de boire ou de manger ; et celles qu'elle avoit mises la nuit, toute envie de dormir.

Le roi, plus touché du chagrin de sa fille que de tous ses autres malheurs, crut qu'elle n'avoit rien de mieux à faire, dans cette extrémité, que d'envoyer de riches présents, par les grands officiers de la couronne, vers l'oracle du coq.

Ils furent bien reçus de la prêtresse du temple, et leurs présents encore mieux ; mais elle leur dit qu'il y avoit déja quelque temps que le coq étoit allé rendre visite au grand Caramoussal, et que c'étoit aux environs du mont Atlas qu'ils auroient satisfaction sur ce qu'ils étoient venus chercher aux environs de Fourchimène.

Quoique le roi leur maître fût affligé de ce retardement, il ne perdit pas courage; et, ne donnant que le temps qu'il falloit pour les préparatifs, il dépêcha les mêmes ambassadeurs avec trois cents éléphants chargés de la plus magnifique toile peinte, et des plus beaux linges qui fussent dans tous ses états; et, pour rendre la chose encore plus touchante aux yeux de l'enchanteur Caramoussal, il y joignit sa musique de campagne, quoique cette musique, au rapport de ceux qui l'ont entendue, soit beaucoup plus propre à faire devenir fou qu'à divertir ceux qui n'y sont pas accoutumés.

Le prince de Trébizonde alloit lui dire qu'il en savoit quelque chose; mais le chevalier de l'alène ne lui en donna pas le temps, et poursuivant son récit :

Les satrapes d'Astracan, s'étant, dit-il, mis en chemin avec leur toile peinte et leurs guenons, après avoir côtoyé la Chersonèse Taurique, et traversé l'une et l'autre Arménie, se rendirent enfin à une forêt où ils pensèrent perdre une partie des présents dont ils étoient chargés. Je vous ai dit que trois cents éléphants portoient chacun un vaste ballot de la plus riche toile peinte

qui fût dans l'univers, et qu'au haut de chacun de
ces ballots on avoit mis un singe : je ne sais ce que
le roi leur maître prétendoit que le sage Caramoussal fît de trois cents singes ; mais, quoi qu'il
en soit, il leur avoit recommandé sur toutes choses
de n'en pas perdre un seul.

La forêt qu'il falloit traverser pour se rendre
où ils vouloient aller étoit si farcie de toutes sortes
de bêtes fauves, qu'il fallut avoir recours à leur
musique pour s'y faire un passage : dès qu'elle se
fit entendre, on les vit fuir tout éperdues, et
disparoître en un moment plus effrayées que si
toutes les meutes et tous les piqueurs du monde
eussent été à leurs trousses. Cependant cet heureux succès pensa leur être funeste quelque temps
après ; car ils ne furent pas plus tôt au milieu de
ce bois, formé de pommiers, de noyers et d'a-
mandiers, que tous leurs singes, qui du haut de
leurs éléphants n'avoient qu'un saut à faire pour
se percher au haut des arbres, le firent dans un
moment, à la réserve d'un seul.

Ce singe étoit le plus beau, le plus noble en ses
manières, et le mieux fait de tous les singes, mais
si triste, que les satrapes pleurèrent plus d'une
fois pendant le voyage, de la douleur qui sem-

bloit l'accabler : car, bien loin de gambader et
de faire toutes les bouffonneries que faisoient ses
compagnons, il passoit la plus grande partie du
temps à lire ; et, quand il étoit interrompu par
quelque accident, on le voyoit, tantôt la tête appuyée sur une de ses mains, s'ensevelir dans une
profonde rêverie, et, tantôt les bras croisés, lever les yeux au ciel, pousser de longs soupirs, et
répandre des larmes en si grande abondance, qu'il
étoit impossible à ceux qui l'observoient de ne
lui pas tenir compagnie.

Il s'étoit donc remis à lire sur son éléphant,
tandis que les autres, déchaînés par la forêt, faisoient un tintamarre et un vacarme à désespérer
tous les environs. La caravane des ambassadeurs
fut obligée de s'arrêter trois jours entiers dans ce
bois avant que de pouvoir les rassembler ; car ils
ne quittèrent les arbres pour rejoindre la compagnie que lorsqu'ils furent excédés de toutes
sortes de fruits ; encore n'en revinrent-ils pas
tous. Car, à quelques jours de là, il en mourut
trois d'une indigestion d'amandes, et trois autres d'un dévoiement causé par les pommes vertes
dont ils s'étoient crevés. Tout ce que purent faire
les envoyés du roi fut de les écorcher, et d'en

remplir les peaux de paille, pour qu'il ne manquât rien au nombre lorsqu'ils auroient l'honneur de les présenter au célèbre Caramoussal.

Dès qu'ils furent au pied de la montagne, ils envoyèrent donner avis de leur arrivée par un courrier, et savoir en même temps de l'enchanteur si son plaisir étoit qu'ils se missent en chemin, avec tout leur équipage, pour se rendre à sa demeure; ou bien s'il aimoit mieux qu'ils fissent camper leur caravane aux environs, en attendant qu'il ordonnât de quelle manière il vouloit qu'ils lui fissent voir les présents dont ils étoient chargés.

Le courrier revint au bout de trois jours, et leur dit que Caramoussal n'étoit plus à l'endroit qu'il habitoit d'ordinaire ; que, s'étant retiré tout au sommet du mont Atlas, il n'y avoit que leurs singes qui pussent grimper jusque là; qu'il avoit cru devoir les en avertir, afin qu'ils prissent leur parti.

Celui qu'ils prirent à cette nouvelle fut de laisser leurs présents et leur suite, sous sûre garde, au pied de la montagne, et de gagner, du mieux qu'ils pourroient, l'endroit où l'on venoit d'apprendre qu'il s'étoit retiré.

Ils marchèrent quinze jours durant, toujours
en montant par la route la plus pénible qui fut
jamais, sans rien trouver que des rochers et de
précipices. Enfin, après avoir maudit plus d'une
fois le crocodile qui leur donnoit tant de peine,
et la préférence dont on les avoit honorés pour
cet illustre emploi, les objets qui s'offrirent à
leurs yeux, et la route même, leur parurent
moins effroyables, quoiqu'ils montassent toujours : ils trouvèrent de petits vallons arrosés de
ruisseaux agréables, dont les bords étoient em-
bellis de fleurs champêtres ; ils virent des oiseaux
d'une espèce toute nouvelle, à mesure qu'ils montoient, et de petits pavillons répandus par-ci
par-là. Ce fut à six cents stades plus haut qu'ils
n'eurent plus à monter, et qu'ils ne virent que le
ciel au-dessus d'eux, qu'ils rencontrèrent le fameux Caramoussal.

Il sortit d'un pavillon plus grand que ceux qu'ils
avoient vus en montant, qui, d'un côté, étoit ombragé d'un nombre infini d'orangers, et de l'autre, environné de plusieurs machines qui soute-
noient des astrolabes, des télescopes, et tous les
instruments dont on se sert pour observer le
cours des astres. Lorsqu'il sortit de ce pavillon ;

il étoit accompagné d'un homme qui portoit le bras en écharpe. Comme ils étoient en peine lequel des deux étoit celui qu'ils cherchoient, il s'avança vers eux, et leur demanda civilement ce que les satrapes du grand roi d'Astracan souhaitoient de Caramoussal.

A ces mots ils se prosternèrent devant lui, comme ils auroient fait devant quelque divinité ; car sa présence leur inspira tout un autre respect que cette vénération que sa renommée, par-tout répandue, sembloit exiger. Ils s'étoient attendus à voir la figure hideuse d'un enchanteur, ou tout au moins quelque vieillard à longue barbe, tout courbé par son extrême décrépitude : mais ils furent bien étonnés de voir un grand homme, qui, quoique sur le retour de son âge, avoit l'air auguste, le port majestueux, et qui étoit vêtu le plus noblement du monde.

Il les releva d'abord. Ils exposèrent leur commission, les circonstances des malheurs sur lesquels ils venoient le consulter, et lui firent le dénombrement des présents qu'ils lui apportoient.

Après les avoir paisiblement écoutés, il les conduisit, avant que de leur répondre, vers un endroit de la montagne d'où l'on découvroit toute

la mer, et d'où l'on auroit pu découvrir toute
la terre, si la vue des hommes en étoit capable.
Ils furent épouvantés de la prodigieuse élévation
où ils se virent : les îles qui s'élevoient dans la
mer leur parurent comme de petites taches noires,
et les plus gros vaisseaux comme des atômes flot-
tants. Ce fut alors que, prenant la parole, il leur
tint ce discours :

Je ne suis rien moins que ce que croient la
plupart de ceux qui ne me connoissent que par
une réputation que je ne mérite pas. Il est bien
vrai qu'une connoissance acquise par de longues
méditations, une spéculation continuelle, et peut-
être la proximité des corps célestes, m'ont donné
de grandes lumières dans tout ce que l'astrologie
a de plus infaillible; je dirai même que la plupart
des oracles ont moins de certitude dans leurs ré-
ponses qu'il n'y en a dans mes conjectures et mes
prédictions. Pour celui du coq, d'où l'on vous a
renvoyés vers moi, ou plutôt qu'on vous a con-
seillé de chercher en ces lieux, il n'est plus question désormais de sa divinité; d'autres soins et
d'autres emplois l'occupent.

Considérez, poursuivit-il, la distance qu'il y a
de l'endroit où nous sommes jusqu'aux flots qui

se brisent contre le pied de la montagne. **Si le roi votre maitre pouvoit rassembler trois rouets qui sont dispersés par le monde**, il ne lui seroit pas impossible, par le moyen de ces trois rouets, de faire une corde qui, du sommet du mont **Atlas**, où nous sommes, pût atteindre jusqu'à la surface de la mer. Cet ouvrage achevé, tous ses souhaits seroient accomplis ; le monstre disparoitroit pour jamais ; la princesse sa fille riroit, parleroit, et les mêmes rouets lui fileroient une chemise plus fine que celle qu'elle a perdue, sans qu'elle lui ôtât l'appétit pendant le jour, ni le repos pendant la nuit.

Mais, comme il est impossible que le roi d'Astracan soit jamais en possession de ces rouets enchantés tous trois ensemble, voici ce que je lui conseillerois de faire pour sauver ses états d'une entière désolation, et pour donner à la plus belle princesse de l'univers ce qui lui manque pour être la plus heureuse et la plus accomplie : Qu'il fasse publier, par toutes les régions de la terre, que quiconque fera rire la princesse, ou vaincra le crocodile en combat singulier, n'aura qu'à choisir, pour sa récompense, ou l'adorable **Mousseline avec tous les états du roi son père, ou bien toutes les forces et toute la puissance du même** roi pour l'assister dans telle autre conquête qu'il pourroit méditer. Qu'il soit permis aux aventuriers de combattre le monstre, quand ils n'auroient pas réussi dans l'autre entreprise ; car il est indifférent qu'on commence par le monstre ou par la princesse. Qu'elle soit accessible à tous ceux qui demanderont à la voir, de quelque figure et de quelque condition qu'ils puissent être. Et enfin qu'elle ne manque pas de faire un voyage de deux mois chaque année, pour exposer ses appas divins dans les différentes provinces qui joignent les états du roi son père. Allez, illustres satrapes, poursuivit-il ; rendez au prince qui vous envoie les magnifiques présents dont il a voulu m'honorer : Caramoussal ne veut, pour récompense des services qu'il rend, que le plaisir de les avoir rendus.

Et si l'arc et les flèches, dit celui qui portoit le bras en écharpe, se trouvoient parmi leurs présents ou leur équipage ? Les ambassadeurs, qui ne s'étoient pas avisés de le regarder avec attention avant ce discours, tournèrent les yeux sur lui, et pensèrent tomber de leur haut, de lui voir une bouche si prodigieusement grande, qu'elle n'en devoit rien à l'énormité de celle du roi Fortimbras. Caramoussal, sans être surpris de leur étonnement, prévint les protestations que les ambassadeurs alloient faire, qu'ils n'avoient ni arc ni flèches; et, s'adressant à celui qui portoit le bras en écharpe : Ce n'est pas, lui dit-il, si près de ces lieux qu'il faut espérer de retrouver les armes dont vous parlez. Ensuite, ayant congédié messieurs de l'ambassade, ceux-ci rejoignirent leur caravane en moins de temps et avec beaucoup moins de peine qu'ils n'en avoient eu à se rendre auprès du grand Caramoussal.

Comme ils avoient été long-temps absents, ils firent la revue de leurs éléphants, de leurs ballots de toile peinte, et de leurs singes; le compte se trouva juste, à la réserve du singe affligé, qui depuis huit jours avoit disparu, sans que ceux qu'on avoit laissés à la garde de l'équipage pussent dire de quelle manière, et sans qu'on en eût pu savoir des nouvelles, quelques recherches qu'on eût faites par-tout à la ronde.

Les satrapes, affligés de sa perte, et de n'avoir pu du moins trouver son corps pour le bourrer de paille, comme ils avoient fait ceux des six autres, se mirent en chemin pour se rendre auprès du roi leur maître.

A la sixième journée de chemin, après avoir fait un long détour pour éviter le bois si funeste à leurs singes, il leur arriva une aventure qui les embarrassa d'abord, quoique la fin leur donnât beaucoup de joie. Ils aperçurent de loin des chameaux escortés d'une troupe de gens armés; comme les chefs de cette troupe paroissoient être de quelque conséquence, et que les chameaux si soigneusement gardés leur parurent chargés de quelque chose de rare ou de précieux, ils ordonnèrent à leur musique de jouer aussitôt qu'ils furent en état de se faire entendre. A ce concert infernal, il n'y eut ni bête, ni homme, parmi ceux qu'ils avoient prétendu honorer, qui fût capable de résister; mais sur-tout les chameaux faisoient rage de regimber, de se cabrer, et de mettre le désordre par-tout. Dans la frayeur épouvantable dont ils étoient saisis, ils jetèrent à terre les charges qu'ils portoient; et ces charges en tombant firent ouvrir certaines cages de fer, d'où sortirent certains tigres et certains lions qui ne plurent pas aux musiciens de la sérénade; car ils vinrent droit sur eux, et il en coûta la vie à quelques-uns des moins diligents à se sauver.

Cependant les éléphants faisoient bonne con-

tenance, et les singes fort mauvaise ; car, tandis
que les premiers tenoient ces bêtes carnassières
en respect avec leurs trompes, les singes remplis-
soient l'air de cris effroyables, et gâtoient toute
la magnifique toile peinte sur laquelle ils étoient
perchés.

Ce fut dans ce moment que la gloire de tous
les singes de l'univers, sortant de derrière une
pointe de rocher dont il s'étoit couvert, parut au
grand étonnement des satrapes : il étoit armé d'un
arc et d'un carquois garni de flèches ; il en choisit
une pour chaque tigre, et une pour chacun des
lions, et d'une atteinte infaillible leur en perça
le cœur l'un après l'autre. Quand il les vit par
terre, il fut de sang froid retirer ses flèches de
leurs corps, salua les satrapes ses conducteurs,
et disparut parmi les rochers qui bordoient la
plaine, aussi subitement qu'il s'étoit offert à leurs
yeux.

Je ne sais de quelle manière les ambassadeurs
et l'escorte des lions et des tigres se séparèrent
après cette aventure ; mais on sait que les premiers, de retour à la cour d'Astracan, ayant in-
formé le roi leur maître de la réponse et des
conseils du grand Caramoussal, qu'ils avoient

apportés par écrit, le roi, de l'avis de son conseil et du consentement de la princesse sa fille, avoit envoyé publier par tout l'univers les conditions auxquelles il étoit permis à tous aventuriers d'entrer en lice, et d'aspirer à la possession de la plus belle princesse qui fût sous le ciel, et de l'un des plus puissants empires de la terre.

Comme depuis cette publication la renommée avoit porté le bruit de la beauté de la princesse encore plus loin que n'avoit fait le péril effroyable ou la singularité des deux aventures qu'on devoit éprouver, la princesse n'a pas manqué de se promener par toutes les provinces à la ronde pendant deux ou trois mois de chaque année : tous ceux qui l'ont vue soit dans ses voyages, soit à la cour du roi son père, ont trouvé sa beauté infiniment au-dessus de ce qu'on en publioit ; et la plupart, séduits par tant d'éclat et par des espérances si brillantes, ont succombé dans l'épreuve des aventures.

Voilà, seigneur, me dit le chevalier de l'alène, ce qui nous rassemble ici, et voilà l'aventure que votre parole vous engage de tenter. A la fin de ce récit nous nous trouvâmes au bord du fleuve, où mes yeux furent surpris du plus rare et du plus magnifique spectacle qu'on puisse voir.

Mais je crois qu'il est bon de remettre le reste du récit que faisoit le prince de Trébizonde à la seconde partie de ces mémoires.

FIN DES QUATRE FACARDINS.

L'anecdote suivante, sur l'existence et la perte de la suite de ce conte piquant, n'est pas généralement connue, et trouve naturellement sa place ici. Nous la tenons de M. Fontanelle, qui, ainsi que plusieurs autres gens de lettres, l'a entendu souvent raconter à feu Crébillon fils, qui ne se lassoit pas de la répéter.

Cet écrivain aimable avoit été lié, dans sa jeunesse, avec mademoiselle Hamilton. Un jour elle lui montra et lui offrit un assez gros paquet de papiers de son oncle. Parmi les premiers cahiers qu'il visita rapidement, il y en avoit un sur lequel il lut en titre : LES QUATRE FACARDINS, *seconde partie*. Malheureusement il n'emporta pas ces papiers en se retirant. Jeune alors, et fort occupé de ses plaisirs, il négligea pendant quelques jours de les aller prendre. Dans cet intervalle, un zèle peut-être trop sévère les condamna au feu ; et lorsque Crébillon revint enfin les demander, il eut la douleur d'apprendre le sacrifice qui venoit d'en être fait. — *Cette note est à la fin de l'édition du comte d'Artois.*

ZÉNÉYDE,

CONTE.

A MADAME DE P***.

Vous me demandez, madame, une longue lettre, et des particularités de notre cour : vous allez être satisfaite. Je ne vous parlerai point de la situation du lieu, vous la connoissez ; mais, avec toute sa magnificence, c'est le poste du royaume qui nous convient le moins ; car le château a si peu de commodités, qu'il n'y a que trente ou quarante, tant prêtres que jésuites, qui y aient des appartements. Une chapelle et deux oratoires dans le corps de la place, une paroisse et quelques couvents dans les dehors, voilà tout ce qui

II.   12

s'offre à notre dévotion. Ce n'est pas contente-
ment; et dans un jour d'été on a dépêché cela,
avec les menus suffrages qui en dépendent, avant
le coucher du soleil. Il est vrai que la vue en est
enchantée, les promenades merveilleuses, et l'air
si subtil, qu'on y feroit quatre repas par jour.
C'est plus de la moitié qu'il ne nous en faut, et
nous serions bien mieux près de quelque endroit
marécageux, où, toujours enveloppés d'un brouillard épais, nos sens et nos appétits fussent plus
assoupis. N'allez pas croire que nous soyons si
éveillés ici que nous n'y puissions durer : ce n'est
pas ce que je veux dire; et vous l'allez bien voir
par la vie que nous menons.

Quoiqu'il y ait parmi nos dames de quoi contenter le goût le plus difficile, et que dans ce petit
nombre la beauté, l'agrément, l'esprit et la sagesse brillent dans tout leur éclat, il faut conve-
nir qu'il n'en est pas de même à l'égard de l'autre
sexe. A peine a-t-il pu fournir parmi nous quelques mérites distingués pour former la maison
du prince de Galles. Le reste consiste en certains
esprits que l'exemple n'a pu rendre hypocrites,
gens d'un caractère un peu méprisant, mais aussi
fort méprisés ici, et plus connus ailleurs.

Nos occupations paroissent sérieuses et nos exercices tout chrétiens ; car il n'y a point ici de quartier pour ceux qui ne sont pas la moitié du jour en prières, ou qui n'en font pas le semblant.

Le malheur commun, qui réunit d'ordinaire ceux qu'il persécute, semble avoir répandu la discorde et l'aigreur parmi nous ; l'amitié dont on fait profession est souvent feinte ; la haine et l'envie qu'on renferme, toujours sincères : et, tandis qu'on offre en public des vœux pour le prochain, on le déchire tout doucement en particulier.

La tendresse du cœur, qui des fragilités est sans doute la plus excusable, passe ici pour la moins innocente.

Pour la galanterie, elle y règne à peu près comme dans les Amadis : on la voit éclater tout d'un coup par quelque aventure surprenante ; ou bien on commence par se marier, et ensuite on est amoureux et galant tout à loisir. Cela ne vous fait-il point souvenir de don Kyrie-Eleyson de Montauban, ou de Palmerin d'Olive et l'infante Archidiane dont le fils aîné servoit la messe le jour de leurs noces ? Mais revenons chez nous,

où l'amour est proscrit, et où les déclarations
font dresser les cheveux à la tête... Mais, non,

> Fils de la reine de Cythère,
> Vous de qui tôt ou tard on reconnoît les lois,
> Vous ne perdez rien de vos droits
> Dans une cour triste et sévère.
> Il est ici des yeux dignes de tous les vœux ;
> Et, si pour ces beaux yeux en secret on soupire,
> Le tourment d'aimer sans le dire
> Ne fait que redoubler nos feux ;
> Car, sans espérer d'être heureux,
> Notre constance augmente avec notre martyre,
> Et vous n'avez sous votre empire
> Rien de plus beau qu'ici, rien de plus dangereux,
> Ni rien qui tant d'ardeur inspire,
> Ni rien qui soit plus amoureux.

Si vous demandiez en quel endroit de Saint-
Germain tout cela se trouve, je ne serois pas
embarrassé à l'égard des beautés : j'aurois plus
de peine à produire les amants ; cependant j'en
connois de ce caractère.

Quel triste usage on est réduit à faire de ce
que la fortune nous offre dans notre exil, pour

nous aider à le supporter! Les réflexions que j'y
faisois ces jours passés me remplirent l'esprit de
mille vapeurs sombres; et, pour les dissiper, je
voulus avoir recours au jardin. Il étoit fête ce
jour-là; et, par malheur, la bourgeoisie s'étoit
emparée de toutes les allées avec des chiens crot-
tés, de vilains petits enfants, et des maris plus
laids que leurs femmes. Je cédai à cette foule
ignoble, et je cherchai un asile sur la terrasse.
Vous savez s'il y a rien dans le monde de plus
superbe ou de plus spacieux que cette vaste promenade : cependant il n'y avoit pas place, ce
jour-là, pour moi et mes chagrins; car j'y trouvai d'abord un père jésuite, grand convertisseur,
entre un grenadier et un dragon anglois, tous
deux déserteurs, mais qui me parurent plus fi-
dèles à Calvin qu'au prince d'Orange; car le bon
père s'échauffoit en vain dans la ferveur de ses
exhortations; en vain il tâchoit de leur prouver
en italien que les protestants d'Angleterre étoient
damnés : je vis bien qu'il ne persuadoit pas, et
qu'il falloit quelque argent pour achever la con-
version. Je vis un peu plus loin un fort honnête
homme, qui a de l'esprit; mais je ne laissai pas
de l'éviter; car, outre qu'il est grand raisonneur

sur la politique ancienne et moderne, il est toujours accompagné de deux grands lévriers qui,
d'aussi loin qu'ils voient un homme, viennent à
toutes jambes lui sauter sur les épaules par manière d'honnêteté. Dieu veuille avoir l'ame de
feu monseigneur l'archevêque de Paris! Il occupoit la moitié de la terrasse avec ses huit chevaux de carrosse, occupé lui-même de..., et suivi
de son grand Maure. Je fus quitte de cette rencontre pour une grande révérence que le bon
prélat ne vit pas ; tant il méditoit profondément
le service du roi pour l'assemblée du clergé! Je
commençois à louer le ciel de ce que le reste de
la promenade paroissoit libre, lorsque je vis sortir inopinément de la forêt la bête la plus cruelle
et la moins évitable que je connoisse : c'est une
veuve dont le mari est mort d'apoplexie au service du roi, et qui d'une queue de serge noire
va balayer, depuis le matin jusqu'au soir, les ga-
leries du château et les allées du jardin, pour
demander une pension, ou trouver quelqu'un
qui connoisse quelque personne qui soit connue
de quelque dame qui veuille avouer qu'elle est
des amies de la favorite pour lui obtenir sa protection. Je me souvins d'abord de la peine que

j'avois eue à m'en débarrasser un jour qu'elle m'avoit accroché ; et, voyant qu'elle venoit droit sur moi, je pris le seul parti qui me restoit dans ce péril extrême ; et, choisissant l'endroit le moins élevé, je me jetai à bas de la terrasse ; et, descendant toujours par un petit sentier assez difficile, je ne me retournai que lorsque je me vis hors d'insulte au milieu de ces belles prairies qui bordent la rivière. C'est là que m'arriva l'aventure peut-être la plus singulière dont on ait jamais ouï parler. Je vais vous l'apprendre ; mais, madame, je vous conjure de ne la point divulguer avant que j'aie l'honneur de vous en entretenir.

C'étoit la saison des beaux jours, et je respirois sans contrainte, éloigné des fâcheux ; mais ma mauvaise humeur ne m'avoit point quitté, et j'étois en train de trouver à redire à tout. Quoi ! disois-je, me promenant lentement le long des rives de la Seine, c'étoit dans ces lieux, maintenant si sauvages, que la plus belle cour du monde venoit autrefois étaler sa magnificence et sa galanterie ! Quelle solitude ! quels objets ignobles au lieu des chasses et des promenades que j'y ai vues ! Je m'arrêtai à ces mots, et regardant avec

mépris le courant de l'eau : Qui croiroit, dis-je,
que cette pitoyable rivière, où il ne paroît pas
un chat, vienne de passer au travers de la capitale de France, et qu'elle ne coule qu'à quatre
pas des palais du plus grand roi du monde? Voilà
l'endroit où tant de beautés venoient baigner
leurs appas! Oui, c'est justement où ce coquin
de chasse-marée vient d'abreuver ses chevaux.
Je me sentis outré de cette profanation ; et, m'en
prenant à la pauvre rivière, je changeai de style
pour la mieux gronder. L'indignation, comme
vous savez, inspire les vers aussi bien que l'a-
mour. Voici les mauvaises rimes qu'elle me
fournit :

O solitaire et triste Seine !
Vos bords abandonnés m'inspirent plus d'ennui
Que la terrasse même où le chagrin promène
 Tant de fâcheux, plus importuns que lui.
  On ne voit sur votre rivage
  Que quelques malheureux troupeaux
  Suivis de nymphes de village,
  Qui, les escortant en sabots,
  Mêlent un chant triste et sauvage
  Au murmure de leurs pourceaux ;

Et sur le courant de vos eaux
On voit en pompeux étalage
Deux ou trois grands vilains **bateaux**
Où les souris tiennent ménage
Sous le bled ou le foin entassés par **monceaux**,
Ou bien sur le dernier étage
D'une voiture de fagots.
Rivière, en été si chétive
Qu'on en compteroit les sablons,
Et dont l'eau basse à peine en a pour **les poissons**,
Quand vous désertez votre rive,
N'est-ce pas vous que nous **voyons**
Prisonnière en hiver, quand l'âpre froid **captive**
Vos ondes dessous ses glaçons ?
On ne voit sur vos bords que des bergers à hotte,
Et des ânes buvant votre eau.
Adieu, j'aimerois mieux parler à un ruisseau ;
Adieu, rivière antique ; adieu, pauvre vieillotte.

Je m'éloignois de ces bords après mon compliment, lorsque la surface de l'eau commença tout-à-coup à se troubler, sans que le moindre vent parût l'agiter ; et, après deux ou trois gros bouillonnements, je vis s'élever du milieu de la rivière quelque chose qui m'effraya d'abord ; mais, dès que je fus assez revenu de ma surprise pour y attacher les yeux, l'étonnement et l'admiration succédèrent à ma première frayeur.

D'une femme sous la figure,
Je vis s'élever hors de l'eau
Le corps le mieux fait, le plus beau
Qu'ait jamais formé la nature.
Sa gorge et ses bras étoient nus,
Tout l'étoit jusqu'à la ceinture.
Vous allez croire, à voir cette peinture,
Sans doute que c'étoit la déesse Vénus?
Mais écoutez la fin de l'aventure.
Ses lèvres étoient de corail ;
Ses dents, que j'entrevis, étoient couleur de perle,
Ses beaux cheveux noirs comme un merle,
Et des plus vives fleurs son teint formoit l'émail.
L'esprit tout plein d'inquiétude :
Qui que vous soyez, dis-je, ô beauté, que je vois,
Qui méritez de voir tous les cœurs sous vos lois,
Excusez mon incertitude,
Et daignez m'informer quels honneurs je vous dois!
La belle, après avoir toussé deux ou trois fois,
Fit une espèce de prélude
Comme pour accorder sa voix ;

Et puis, d'un air touchant et **tendre**,
Mais d'un ton qui rendroit tout l'opéra jaloux,
Si l'opéra pouvoit l'entendre,
Elle dit en bémol : Me reconnoissez-vous ?
Oui, vous êtes une sirène ;
Mais, dis-je, au nom de Dieu ! que **faites-vous ici** ?
Non, dit-elle ; je suis déesse de la Seine.
Vous vous moquerez de ceci ;
Mais cependant ce qui m'amène
Est pour vous dire un mot en allant à Poissi.
Moi, madame! Vraiment, vous prenez trop de peine.

Mais vous me permettrez, dis-je, de croire que
vous n'êtes rien moins que ce que vous me voulez
persuader. Je me souviens, dans le prologue de
quelque opéra, d'avoir vu la nymphe de la Seine
qui s'entretenoit avec les Tuileries ; et, sans vous
offenser, elle étoit mise tout d'un autre air. Elle
avoit une coiffure fort élevée, composée de
plumes et de pierreries ; des engageantes qui lui
tomboient jusqu'aux genoux. D'une main elle tenoit un éventail, et de l'autre un mouchoir ; son
corps de jupe étoit fort serré, et sa queue n'en-
troit sur le théâtre qu'un quart d'heure après elle ;
tant elle étoit magnifique ! Et vous voilà nue

comme la main! non que j'y trouve à redire;
mais je gagerois bien que ce qu'on ne voit pas de
vous n'est pas le plus beau, et que l'eau nous
cache une certaine queue de poisson qui n'est
guère du goût de celui qui a l'honneur de vous
entretenir. Non, madame; vous n'êtes qu'une
sirène; et, pour preuve de cela, vous ne sauriez
vous exprimer qu'en chantant. Je la vis sourire
à ces mots; et, par un mouvement imperceptible
se coulant sur la face de l'eau, dans cette situation de demi-bain elle approcha du bord où j'é-
tois, et me donna lieu de voir de fort près les
beautés d'un buste, qui ne cédoit point à celui
pour qui on a fait dernièrement tant de bouts-
rimés. Je m'éloignois par respect lorsque, me
faisant signe d'approcher, et se penchant un peu,
elle me dit assez bas, et d'un air de mystère:

Vous, qui sans profiter avez lu tant d'écrits,
     Et qui n'en tirez d'autre gloire
Que celle de citer parfois de vieux débris
De quelque auteur chéri des filles de Mémoire;
Qui des plus bas rimeurs n'eussiez pas eu le prix
Quand en plein Hélicon on vous auroit fait boire;
     Vous qui craignez tant les esprits,

Et qui les craignez sans y croire ;
Qui pour mon caractère avez tant de mépris,
Que vous me regardez en monstre de la foire ;
Vous enfin, dont le cœur nouvellement épris...
  Oui, voilà, dis-je, mon histoire,
Divinité d'un fleuve aussi beau que la Loire.
  Mais qui vous en a tant appris ?
Ces bords, dit-elle alors, qui servent de passage
  Aux habitants de tous ces lieux,
  Nous exposeroient à leurs yeux ;
Et je veux à vous seul accorder l'avantage
D'un entretien secret avec les demi-dieux.
Dessous ce même endroit où j'ai paru sur l'onde,
  Des voûtes d'un brillant cristal
  Forment une grotte profonde,
Dont la nacre par-tout, et par-tout le corail,
  Ornent le liquide portail ;
  Où la richesse et le travail...
Mais suivez-moi pour voir le plus beau lieu du
       monde.

Je veux croire, dis-je, un peu surpris de cette
proposition, que vous êtes logée le plus magnifiquement du monde là-bas ; mais, outre que je
n'aime point à faire le plongeon, et que je ne

durerois pas long-temps entre deux eaux, comme j'ai quelquefois pris la liberté de me rafraichir dans votre lit humide, si votre déité avoit eu quelque attention pour moi dans ces occasions, elle verroit bien que je ne vaux rien du tout pour un rendez-vous quand je suis mouillé.

Eh bien ! dit-elle, assez choquée de mon refus, puisque ce n'est point pour ce qui vous regarde qu'on se manifeste à vous, il faut, malgré votre incrédulité ou votre foiblesse, avoir des égards pour l'une et l'autre, et s'accommoder à vos fantaisies. Cependant ce que j'ai à vous dire ne doit point avoir de témoins. Au milieu de cette prochaine prairie il y a une espèce de grotte rustique, invisible aux yeux des mortels; ce n'est, à la vérité, qu'une chaumière en comparaison du lieu où je voulois vous mener. Je m'y retire assez souvent dans l'ardeur des saisons, où il vous a plu de me dire si agréablement qu'il ne me reste pas de quoi donner à boire à mes poissons; aurez-vous bien la bonté de m'y donner une audience particulière ? A ces mots elle me fit jaillir une goutte ou deux d'eau sur les yeux avec le doigt du milieu; et, voyant que j'en avois tressailli : Ne craignez, dit-elle, aucune métamor-

phose d'une petite cérémonie sans laquelle vous
ne verriez pas le lieu où nous allons. Elle sortit,
à ces mots, entièrement de l'eau ; elle n'avoit
qu'un jupon de gaze transparente ; et la moiteur
l'avoit tellement collé autour d'elle, qu'elle auroit
aussi bien fait de ne rien avoir. Je vis donc fort
distinctement toute la forme de son corps ; mais,
quoiqu'il n'y ait jamais eu rien de plus gracieux,
ni d'un tour plus achevé, tant de merveilles ne
me causèrent que de l'admiration.

Il faut, dis-je tout bas, que telles déités
    Soient des viandes assez creuses,
Permises dans le temps de nos austérités,
    Comme est la chair des maquereuses :
    Les ames les plus scrupuleuses
Pourroient bien regarder de telles nudités.
La blancheur de son corps la blanche neige efface ;
    Mais aussi son corps est de glace ;
    Car tout ce que d'appas on voit
    Ne m'inspire qu'un froid extrème ;
    Oui, sans doute, son sang est froid,
    Et c'est un ragoût de carème.

J'avois à peine achevé cette méditation témé-

raire, que je me crus transporté par quelque enchantement dans un palais, le plus magnifique
et le plus agréable du monde. La nouveauté et
le bon goût régnoient dans son architecture; ils
étoient répandus sur les fontaines et le jardin au
milieu duquel il étoit situé. Quoi! dis-je, nous
avons déja fait trois lieues, et dans un instant
nous voilà arrivés à Trianon? Elle ne daigna pas
seulement me répondre; mais, comme si elle
avoit pitié de la pauvreté d'une telle pensée,
haussant ses épaules d'ivoire et souriant dédai-
gneusement, elle me fit entrer dans un cabinet
orné de tout ce que l'antiquité et les siècles mo-
dernes ont produit de plus rare et de plus éclatant; et, se couchant sur un superbe canapé,
elle me contraignit, après quelques difficultés que
j'en fis, de prendre un siége auprès d'elle; et,
après m'avoir regardé quelque temps assez fixe-
ment, elle me parla en ces termes :

HISTOIRE DE ZÉNÉYDE.

Ce n'est point le hasard qui fait que je m'a-
dresse à vous; c'est encore moins l'espérance de

trouver dans votre esprit cette crédulité facile qui donne dans tout ce qu'on veut. Je vous soupçonnerois plutôt d'être dans l'autre extrémité; mais, comme je sais que vous n'avez pas tout le mauvais naturel qu'on vous attribue, et que vous avez assez de mémoire pour ne rien perdre de ce qu'il y aura d'important dans ce récit, donnez-y seulement votre attention, et je vous dispense du reste, pourvu que vous fassiez un usage tel que je le desire, d'une histoire qui n'est ni faite à plaisir, ni contée pour vous amuser. Les aventures en sont, à la vérité, de date fort ancienne, et vous paroîtront peut-être imaginaires; mais il n'importe que vous ne les croyiez pas, pourvu que vous les reteniez. Vous savez d'ailleurs vous taire, ou plutôt vous n'aimez pas trop à parler; voilà ce que je demande : car, dans les choses que j'ai à vous communiquer, il s'en trouvera qui exciteront votre curiosité, d'autres qui choqueront la vraisemblance. Il faut, s'il vous plait, vous précautionner contre l'une et l'autre, et vous imposer dès à présent un silence à l'épreuve de toutes les surprises; car il ne vous est plus permis de mêler désormais vos discours avec les miens; et le moindre mot dont vous les interrom-

II. 13

priez me déroberoît à vos yeux pour jamais. Je
vais donc commencer par prévenir vos desirs sur
ce qui me regarde.

Je ne suis point ce que je vous parois, je n'ai
pas de tout temps été ce que je suis ; mais je
subsisterai tant que durera le monde. Vous avez
été déja témoin de quelques effets de ma puissance ; cependant elle est bornée, mais infiniment plus étendue que celle des mortels. Écoutez-
moi sans vous effrayer. Ce que vous avez appris
de fabuleux selon vous, touchant les cabalistes,
n'est ni entièrement vrai, ni tout-à-fait supposé,
puisqu'il est constant que, dans le vague des airs,
au fond de la terre, et dans le sein des eaux, il
y a de certaines intelligences qui participent à
la nature humaine, principalement par leur penchant à la malignité ; et ces esprits invisibles, au
lieu de régler les éléments qu'ils habitent, sont
souvent cause des désordres qu'on y remarque,
puisque les tremblements de terre, le débordement des rivières, les orages, les tonnerres et les
tourbillons sont les effets de leurs caprices, et
non pas de ces causes naturelles que vos philosophes n'ont fait qu'embrouiller en les voulant expliquer. Ce n'est point toutefois sans l'aveu d'une

puissance supérieure, illimitée, éternelle et in-
compréhensible, qu'ils disposent du destin des
choses d'ici-bas ; mais ce seroit rebuter d'abord
votre attention que de m'étendre davantage sur
ce sujet : il en a fallu toucher quelque chose avant
que de commencer mon histoire.

Je suis donc depuis un certain temps du nombre de ces génies ; mais, ô ciel ! que l'aventure
qui me donna cette espèce d'immortalité fut fatale à ce qui pouvoit faire le bonheur de ma vie,
et qu'il m'en coûte de cuisants chagrins toutes
les fois qu'un cruel souvenir la renouvelle ! A
ces mots, levant les yeux au ciel, elle poussa
quelques soupirs ; et, malgré l'effort qu'elle fit
pour les retenir, je vis couler le long de ses joues,
et tomber sur sa belle gorge, des larmes si naturelles au milieu d'un silence touchant, que je fus
sur le point de lui tenir compagnie. Elle se remit
bientôt ; et, m'ayant témoigné par un regard
plein de langueur qu'elle n'étoit pas insensible à
mon attendrissement : Gardez, dit - elle, cette
compassion obligeante pour la suite de ce discours ; vous y trouverez de quoi exercer tous les
mouvements de votre pitié ; et cependant recevez
la confidence entière que je vais vous faire de ce

13.

que je suis, comme vous le devez ; méritez-la par
votre discrétion. Soit que vous ajoutiez foi à ce
que vous allez entendre, ou que vous me preniez
moi et mon histoire pour des illusions, souvenez-vous que vous ne vous trouveriez pas bien
d'abuser d'une confiance si avantageuse pour vous.
A ces mots, après m'avoir encore regardé quelque temps avec beaucoup d'attention, elle s'a-
vança vers moi ; et, tirant doucement un côté
de ma perruque pour me parler à l'oreille, il
fallut, malgré tout mon respect, me pencher sur
elle d'une manière assez familière. Son visage
touchoit le mien, et il me parut animé d'une
chaleur très vive, et très différente de cette insensibilité que je l'avois accusée de répandre sur
moi lorsqu'elle étoit sortie de l'eau.

Son haleine étoit pure et fraîche, et cette divinité, que j'avois soupçonnée un peu maréca-
geuse, n'avoit rien qui sentît le bourbier. Que
ne m'est-il permis de révéler tout ce qu'elle me
dit dans une confidence que j'eusse souhaitée plus
longue ? Mais elle s'en lassa apparemment, et
quitta ma perruque. Il y auroit trop de contrainte, dit-elle, à continuer ainsi mon discours.
Qu'on sorte, et qu'on nous laisse seuls. Je me.

tournai ; et, ne voyant personne dans le salon, je crus que cet ordre s'adressoit à moi ; et, me levant déja... Non, dit-elle, ne bougez ; je parle à quelques-unes de mes filles qui causoient sur la cheminée dans le gobelet de porcelaine que vous voyez. Ce ne sont point des fées qui me servent, ajouta-t-elle, voyant que je souriois : ces trois mouches, qui sont à présent sur le bord de la fenêtre, sont les filles dont je vous parle ; vous les verrez tantôt sous une figure plus agréable. Alors les filles d'honneur s'envolèrent, et leur maîtresse continua son discours de cette manière : Il ne m'est pas permis de lire absolument dans le fond des cœurs ; mais je connois presque toutes les pensées par les mouvements subits ou violents qu'excitent la joie, la terreur, la haine ou l'amour. Un certain nombre de génies soumis à mes volontés m'informent de tout ce qui se passe assez loin à la ronde ; mais mon empire a ses limites. Je fais prendre à ces esprits subalternes telle figure qu'il me plaît ; et c'est par leur ministère que je sais, par exemple, tout ce qui se passe à votre cour, et connois le caractère de tous ceux qui la composent. Quelle connoissance ! dis-je en moi-même ; et que... Paix ! dit-elle ; écoutez-moi.

C'est d'ordinaire comme des mouches que mes émissaires vont faire leurs découvertes; ils en font plus de diligence, et sont moins observés. Comptez donc que ces mouches importunes, qui s'obstinent à revenir plus on les chasse, ne sont autre chose que de ces sortes d'espions : mais mon règne n'est pas de toute l'année ; car, dès que les hirondelles disparoissent, il s'évanouit avec moi ; et, comme si j'étois entièrement anéantie, je ne sais ce que je deviens jusqu'à leur retour ; et alors, sans savoir comment, je me retrouve dans mon premier état. Voilà une légère idée de ce que je suis : il faut maintenant vous dire ce que je fus. Souvenez-vous toujours, en écoutant un récit assez long et plein d'évènements extraordinaires, qu'il ne vous est pas permis de l'interrompre.

Il y a douze cents ans que j'arrivai à la cour de... A ces mots, portant un doigt sur sa bouche comme j'allois l'interrompre : Prenez garde, dit-elle ; c'est pour la dernière fois que je vous en avertis. J'avois, poursuivit-elle, environ vingt ans quand l'ambassadeur de Childéric me conduisit à **Troyes, capitale alors de la nouvelle monarchie des François. Mais, pour l'intelligence des choses** qui regardent mes aventures, il faut vous faire un abrégé de ce qui se passa depuis la fondation de cette monarchie jusqu'au temps dont je vous parle.

Vous savez que le premier roi de France fut Pharamond, ou plutôt vous le croyez sur la foi des histoires. Celui qu'on veut dire s'appeloit Mellaubaudès ; et, si vous en avez une idée conforme à ce que vous en ont dit ou les romans, ou des écrivains même plus sérieux, vous trouverez bien à décompter à l'égard de ses aventures, son caractère et sa figure. Mellaubaudès, que j'appellerai pourtant Pharamond, pour ne vous pas choquer par ce nom barbare, étoit seigneur de la Petite-Pierre, lieu sauvage en ce temps-là, et habité par des brigands qui pilloient impunément tout ce qu'ils trouvoient de plus foible qu'eux. Pharamond, à leur tête, profitant du désordre et des révolutions qui menaçoient l'empire romain, forma des desseins bien au-dessus de ses forces, mais non pas de son ambition. L'espoir du butin et la douceur du libertinage avoient tellement grossi son parti, qu'il quitta ses montagnes, descendit dans l'Alsace comme un torrent, et, l'ayant ravagée, passa le Rhin, et pénétra jusque bien

avant dans la Franconie. Il y trouva un certain
Ascarie, qui, faisant le même métier que lui, ne
put souffrir de concurrent dans le projet de s'établir dans ces cantons. Il rechassa au-delà du Rhin
Pharamond, qui, après avoir tenté inutilement
de s'emparer des rives en deçà de ce fleuve, vint
enfin s'établir dans les pays situés entre la Lor-
raine, la Franche-Comté et la Champagne : il
n'eut pas de peine à s'en rendre maître. Gondioche, le plus puissant de ceux qui lui pouvoient
faire tête dans ces cantons, étoit occupé à s'affer-
mir dans la Bourgogne, qu'il venoit d'enlever aux
Romains ; et, loin de s'opposer à l'établissement
de Pharamond, il l'aima mieux pour voisin que
des ennemis comme eux. Il se repentit bientôt
de l'assistance qu'il lui avoit donnée. Stilicon,
maître absolu de l'empire d'occident, par la foiblesse d'Honorius, commençant à s'alarmer des
soulèvements qu'il avoit lui-même causés pour se
rendre nécessaire, envoya de nouvelles légions
dans les Gaules pour faire cesser les murmures
qui s'élevoient contre lui. Curion, qui les commandoit, attaqua Gondioche, peu affermi dans
ses nouveaux états, le poussa par-tout, et le contraignit de s'enfermer dans la capitale des Bour-

guignons, sans que Pharamond, dont il avoit vainement imploré l'assistance à son tour, se mit en peine de le secourir. Il envoya lui reprocher son ingratitude pour la dernière fois, et ne songea plus qu'à défendre jusqu'à la dernière extrémité quelque chose de plus précieux, à son égard, que son royaume ou sa vie même, que renfermoient les remparts de Dijon. Pharamond, qui avoit donné le temps aux Romains de s'affoiblir en ruinant son voisin, craignit qu'ils ne tournassent leurs armes contre lui avec un pareil succès, s'il leur permettoit de l'opprimer entièrement. C'est pourquoi, laissant à son fils Clodion la poursuite des conquêtes qu'il avoit commencées du côté de la Champagne, il rassembla toutes ses forces, marcha contre les Romains à grandes journées, les surprit; et, ayant forcé leur camp, leur défaite fut si entière et si sanglante, que le seul prisonnier que l'on fit fut l'infortuné Curion.

Le vainqueur, chargé des dépouilles des Romains, entra triomphant dans la ville qu'il venoit de délivrer, entouré d'aigles et de faisceaux, et traînant après lui le général romain chargé de fers. La promptitude d'une si grande victoire avoit prévenu Gondioche dans le dessein d'y par-

ticiper ; il n'eut que le temps de recevoir son
libérateur à la porte de la ville. Jusque-là les
louanges et les acclamations d'un peuple qu'il
venoit de délivrer avoient été les seuls objets de
son attention ; mais, en arrivant au palais où
Gondioche l'avoit conduit, il vit la belle Rosemonde, et il en fut ébloui. C'étoit l'effet ordinaire que produisoit une beauté dont la mémoire
se conserve encore parmi les hommes. Vous allez
voir si sa mémoire a mérité d'être éternisée par
d'autres endroits. Pharamond l'aborda tout couvert d'une gloire acquise par la défaite et la honte
des Romains. Quel spectacle pour une ame prévenue d'une haine mortelle contre eux ! Rosemonde n'y fut pas insensible ; il parut à ses yeux
comme un héros, un dieu, ou le plus charmant
des mortels. Voici comme il étoit fait ce jour-là ;
car il en restoit un portrait à la cour de Childéric, quand j'y arrivai. Il étoit petit, mais fort
gros ; ses épaules étoient hautes, sa taille courte,
et ses bras longs ; son visage étoit à peu près
comme sa taille, hors quelque chose de féroce et
de grand tout ensemble qu'on pouvoit remarquer
dans ses regards. Quant à son habillement, il
portoit un turban garni de trois grandes plumes

de coq ; un manteau de drap vert, qui ne lui descendoit pas plus bas que la ceinture, couvroit un petit buffle de la même longueur : à ce manteau étoit attaché un capuchon de velours violet, qui lui pendoit entre les épaules ; et il avoit de petites bottines de chamois qui ne lui venoient qu'à mi-jambe. Voilà, dis-je en moi-même, le petit Mellaubaudès fort noblement mis, et d'un air bien auguste pour donner de l'amour ! et il falloit que la belle Rosemonde ne fût pas... La belle Rosemonde, poursuivit la nymphe (comme si j'eusse parlé) , en fut charmée, malgré la figure ridicule que vous trouvez au véritable portrait que j'en viens de faire ; et l'ame de Pharamond, assez susceptible malgré sa férocité, ne put voir ce qu'il y avoit alors de plus parfait au monde, à l'égard de la beauté, sans en être enflammée. Gondioche s'y étoit attendu ; mais il n'avoit pas cru que la personne de Pharamond dût faire le même effet sur elle. Il en soupiroit de douleur et de jalousie dans le temps qu'un desir de vengeance ranima la haine et les ressentiments de Rosemonde contre le nom romain. Elle s'y abandonna ; et, armant ses beaux yeux de tous leurs traits : Roi des François, dit-elle en les tournant vers Pharamond, couronne ce que Rosemonde te doit aujourd'hui pour la liberté et la vie, par un don qui ne lui sera guère moins agréable que l'une ou l'autre. Je te demande le général des Romains ; rends-moi l'arbitre de sa destinée. Pharamond, qui venoit de se livrer lui-même, n'avoit garde de lui refuser son prisonnier. On fit venir le malheureux Romain, que Gondioche ne put voir dans l'état indigne où il étoit, sans ordonner qu'on lui ôtât ses fers. Arrête, Gondioche, dit la fière Rosemonde ; tu as trop peu de part au malheur de celui qui te mettoit dans l'état dont tu le veux tirer, pour être en droit de lui rendre ce généreux office. Qu'on l'enferme, poursuivit-elle, dans les cachots, jusqu'à ce que je sois déterminée sur le genre de son supplice. Le pauvre Curion ne se démentit point ; et, soutenant sa disgrace et son arrêt avec une fermeté digne de l'ancienne Rome, il ne daigna seulement pas tourner ses regards sur celle qui donnoit ce cruel ordre.

Les tournois et les festins, que Pharamond aimoit à l'excès, furent les marques de la reconnoissance de Gondioche : mais il les donnoit avec répugnance à un homme qu'il commençoit de haïr; car Rosemonde en donnoit de plus précieuses, et ne s'en contraignoit pas. Pharamond, maître dans la cour de Gondioche, n'avoit pas plus d'égards pour sa présence; il ne le put souffrir, et se retira sous prétexte de rassembler ses troupes. Cependant ces deux amants, si différents dans leur figure, et si ressemblants dans leurs inclinations, préféroient souvent des plaisirs barbares à la douceur d'une tendresse nouvelle. Le luxe des Romains, qui traînoient dans leurs armées ce qui pouvoit servir à la pompe et aux spectacles, leur avoit fourni des gladiateurs: ils en virent les combats sanglants avec avidité, et Rosemonde ne s'en fût point rassasiée si on n'eût averti Pharamond qu'on avoit aussi trouvé des lions et des tigres dans le camp de Curion. Alors on eût dit que le nom de ces bêtes cruelles réveilloit toute la cruauté de l'inhumaine. Elle en parût transportée; et, levant les yeux au ciel: Dieux tout justes, s'écria-t-elle, je vous rends graces du moyen que vous m'offrez de venger la mort des miens. Je n'ai plus à délibérer; heureuse si, avec Curion, je pouvois immoler tous les Romains aux mânes que j'espère apaiser par ce sacrifice! Je jure qu'ils périroient comme

lui, et n'auroient d'autre sépulture que les en-
trailles des bêtes. Qu'on lui fasse savoir, dit-elle,
que dans trois jours il sera exposé aux lions, et
que je ne diffère sa mort que pour lui faire plus
long-temps sentir l'horreur du supplice qui l'at-
tend. Quel diable, dis-je à part, possédoit cette
furie!... Je vais vous le dire, poursuivit la belle
Naïade : cependant, ajouta-t-elle en souriant,
vous voyez que je devine assez juste sur ce qu'on
pense devant moi ; mais il faudra que je promène
un peu votre attention, et que je m'écarte de
mon sujet pour vous dire celui de cette inhuma-
nité de Rosemonde.

Elle étoit fille d'Até, qui l'avoit donnée en mariage à Radagaise. Ces deux hommes, considérables et puissants dans cette partie des Gaules qui
s'étend le long de la Moselle, l'avoient soulevée
contre les Romains ; et, ayant des intelligences
dans Trèves, ils avoient appelé Gondioche pour
se joindre à eux, et surprendre cette ville. Le fils
de Stilicon gouvernoit alors ces provinces, et
s'étoit établi dans Trèves ; il secondoit parfaitement le dessein que son père avoit eu de susciter
des troubles à l'empire de ce côté-là. Il étoit cruel
et voluptueux, assemblage de qualités très pro-

près à dégoûter les peuples du joug romain : cependant, comme ses violences et sa cruauté le tenoient dans une juste défiance de tout, tout étoit plein de ses espions. Il fut averti de ce qui se tramoit dans la ville ; et, après avoir tiré par les tourments tout l'éclaircissement de la conjuration de ceux qu'il arrêta, il mit les choses en état de recevoir Até et Radagaise. Ceux-ci, trompés par les signaux, s'emparèrent avec empressement d'une porte qu'on leur tint ouverte, et, entrant des premiers, se livrèrent imprudemment à leur ennemi. On s'en saisit, et la moitié de leurs troupes étant entrée, on les enferma; et, les ayant tous passés au fil de l'épée, à la réserve des deux chefs, on sortit sur le reste, qui reçut le même traitement, hors un petit nombre échappé à la faveur des ténèbres, ou à la lassitude de ceux qui avoient égorgé leurs compagnons. Mais, par les cruautés où les prisonniers se virent exposés ensuite, ils eurent lieu d'envier le destin de ceux que la première fureur des armes n'avoit pas épargnés. On les donna pendant plusieurs jours en spectacle dans les arènes aux soldats romains, où ils servoient de pâture aux bêtes, ou périssoient en combattant, comme des gladiateurs, les

uns contre les autres. Cependant, quoique le fils
de Stilicon donnât chaque jour de ces misérables
victimes à sa cruauté, il épargnoit Até et Radagaise pour aller rendre à Rome un témoignage
éclatant de sa victoire. Rosemonde, à la première
nouvelle de leur défaite, avoit senti ce qu'ont de
plus vif la douleur et le désespoir ; elle en fut tellement transportée, qu'elle ne craignit point de
se mettre en la puissance du plus emporté de tous
les hommes, pour tâcher de le fléchir en leur faveur. Le traitement qu'on faisoit aux malheureux
qu'on avoit pris lui fit craindre quelque chose de
funeste pour ceux qui étoient les auteurs de la
révolte. Elle venoit d'épouser Radagaise, et l'aimoit avec violence ; mais la tendresse qu'elle avoit
pour son père alloit encore au-delà. D'abord
qu'elle parut devant le fils de Stilicon, la voir,
l'aimer, et former le dessein de la posséder, ne
furent qu'une même chose pour lui ; il la releva
de ses pieds où elle s'étoit jetée ; et, n'ayant
donné que les premiers moments à l'admiration
de sa beauté, et à un certain respect que le sexe
imprime quand il possède ce rare avantage, il
lui fit bientôt connoître à quel prix elle devoit
espérer la vie de ceux pour qui elle venoit inter-

céder. La fière Rosemonde sentit augmenter, à cette connoissance, toute la haine dont elle étoit prévenue pour le nom romain ; et, oubliant le péril des siens pour suivre les mouvements de son indignation, elle ne répondit au Romain que par toutes les marques du mépris le plus outrageant : cela ne fit qu'irriter sa colère, et augmenter ses desirs. Il lui donna le reste de cette journée pour se déterminer, et protesta que le moindre refus qu'elle feroit le lendemain de répondre à sa passion seroit la sentence de son mari et de son père ; que cependant il lui seroit permis de consulter l'un et l'autre sur une résolution qui ne leur devoit pas être indifférente. Il faudroit trop étendre mon récit en cet endroit pour vous dire tout ce qui se passa, et tout ce qui se dit de tendre et de passionné dans cette triste entrevue. Le temps fatal qu'on avoit donné à Rosemonde étoit presque expiré sans qu'elle eût pris d'autre résolution que celle de mourir avec ce qu'elle aimoit ; extrémité moins dure que celle de vivre et de s'en séparer pour jamais. Celui qui vint savoir la dernière résolution de Rosemonde n'en reçut que des imprécations contre son maître. A cette réponse, le ministre des volontés du gou-

verneur commanda de dépouiller les prisonniers,
de les battre de verges, et ensuite de les traîner
aux arènes pour être livrés aux bêtes. La promptitude avec laquelle on lui obéit ne donna pas le
temps à la désolée Rosemonde de se reconnoître ;
elle se vit saisie par des soldats, pour être témoin
du supplice de deux personnes qu'elle aimoit plus
que sa vie. Jugez ce qu'elle devint lorsqu'elle vit
son père et son mari dépouillés, près de subir
toute l'horreur d'une mort ignominieuse. Elle
n'en put soutenir le spectacle, et sur le point que
les bourreaux levoient les bras sur eux : Arrêtez,
s'écria - t - elle, qu'on me mène au tyran. A ces
mots, sans écouter que l'image affreuse d'un supplice qui la faisoit frémir, elle se précipita dans
les bras du fils de Stilicon sans savoir ce qu'elle
faisoit, ou plutôt elle ne trouva rien d'infame ou
d'horrible que l'état où elle avoit vu ce qu'elle
avoit de plus cher au monde. Mais, pendant
qu'elle prenoit un parti si odieux pour les sauver,
le Romain, livré tout entier aux transports d'une
fortune si peu attendue, avoit oublié de suspendre son premier arrêt, et les ministres de ses
ordres, trop empressés à les exécuter, ne surent
point que la malheureuse Rosemonde avoit ob-

tenu la grace de son père et de son mari. L'un et l'autre fut déchiré par les bêtes après avoir subi toute l'infamie du premier supplice. Elle n'eut pas le temps d'envisager ce qu'avoit de funeste et d'horrible l'état où elle se trouvoit à cette nouvelle. La garnison romaine étoit sortie pour voir ce sanglant spectacle dans les arènes ; et, pendant ce temps, la ville soulevée massacra tous les Romains qui y étoient restés, et le gouverneur n'eut que le temps de prévenir leur furie par une prompte fuite. Gondioche parut au même temps ; et, trouvant les cohortes romaines attachées à forcer les portes de la ville, que les conjurés avoient fermées, il fondit sur elles, les tailla en pièces, entra dans la ville, la donna au pillage à ses troupes, et de tout le butin qui s'y fit ne prenant pour lui que ce qu'il y avoit de plus mauvais, il épousa l'indigne Rosemonde, et l'emmena dans ses états.

Voilà le sujet des ressentiments auxquels elle immola l'infortuné Curion, comme elle l'avoit juré. Pharamond non-seulement consentit à cette cruauté, mais donna des applaudissements à la piété dont elle vengeoit sur un innocent la mort d'un père et d'un mari, elle qui en avoit si bien

récompensé le coupable. Cependant Gondioche,
qu'ils avoient tous deux oublié parmi les douceurs qu'ils goûtoient dans l'amour et dans la
cruauté, avoit rassemblé tout ce qu'il avoit de
troupes, et marchoit pour punir une femme infidèle, et se venger d'un perfide qui ne l'avoit
secouru que pour violer les droits de l'hospita-
lité, et lui donner la loi dans ses états : mais
Pharamond, heureux contre lui de toutes les manières, défit ses troupes, le tua de sa propre main,
s'empara de tous ses états, fut reçu de Rosemonde
comme s'il eût triomphé du plus mortel de ses
ennemis ; et, de la même main qu'il venoit d'en-
sanglanter par la mort de son mari, il reçut la
sienne. Pendant que ces choses se passoient chez
les Bourguignons, la réputation de Clodion s'é-
tendoit aussi loin que ses conquêtes. Il s'étoit
rendu maître de Châlons, de Reims et de Troyes,
et avoit entrepris le siége de la plus forte place
qu'occupoient les Romains. Tant de gloire donna
de la jalousie à Pharamond, de la haine et de
l'envie à Rosemonde. Elle venoit de mettre au
monde un fils, douteux entre Gondioche et lui ;
elle vouloit qu'il régnât : et, pour perdre le successeur légitime, elle trouva Pharamond avide

des mauvaises impressions et de tout l'ombrage qu'elle lui en vouloit donner. Clodion reçut ordre de suspendre le progrès de ses armes jusqu'à l'arrivée de son père : il n'y obéit pas, parceque les ennemis préparoient le secours d'une place qu'il étoit sur le point de prendre. Il la força; et ce succès ne diminua rien du crime qu'on lui fit de sa désobéissance. Son père s'avançoit à grandes journées : cette dernière victoire augmenta sa jalousie; et Rosemonde, qui s'étoit emparée de son esprit comme de son cœur, n'eut pas de peine à lui persuader qu'un jeune insolent, enflé de gloire et de prospérités, le soleil levant que les peuples et les soldats adoroient, et qui se croyoit déja en droit de désobéir à son père et à son roi, n'en demeureroit pas là dès qu'il seroit ennuyé d'attendre sa couronne. Il n'en fallut pas davantage pour déterminer un homme qui se sentoit capable des sentiments et des desseins dont on accusoit son fils. Clodion cependant en étoit si éloigné qu'il quitta l'armée, et se rendit en diligence auprès de son père. Quelle fut sa surprise lorsqu'il se vit arrêter par son ordre, au lieu des louanges et des caresses qu'il en attendoit. Il parla, pour se justifier, avec tant de grace et de hauteur, que Pharamond, qui ne put le convaincre, sentit augmenter sa méfiance et sa haine pour son innocence, et l'injure qu'il lui faisoit. Il n'en étoit pas de même de Rosemonde : son cœur fut changé pour lui dès qu'il parut et qu'il lui parla. Le foible de son ame étoit la gloire; et elle la trouva tout autrement charmante dans une figure comme celle de Clodion, qu'elle n'avoit fait dans Pharamond, qui lui devenoit odieux; et, comme l'impétuosité régloit tous les mouvements de son cœur, elle résolut de s'en défaire sans songer si cela la conduiroit au but de ses desirs. La fortune lui épargna ce crime, et Pharamond mourut d'apoplexie la même nuit. Rosemonde, entraînée par son nouvel entêtement, et pleine de confiance sur une beauté à laquelle rien n'avoit encore résisté, parut aux yeux de Clodion avec tous les charmes dont elle put animer les siens, et se fit un mérite de détester l'injustice et la dureté d'un mari qui venoit d'expirer, pour faire valoir un empressement qu'elle témoignoit si mal à propos. Le fils de Pharamond la regarda avec admiration; mais l'horreur qu'il avoit conçue pour des cruautés dont le bruit étoit parvenu jusqu'à lui le défendit contre ses attraits; ou plutôt il n'y avoit plus de place dans son cœur pour recevoir l'impression d'une beauté qui en avoit tant soumis. Il n'osa pourtant la revoir; et, sans la punir avec la rigueur qu'on lui conseilloit, et que méritoient toutes les méchancetés dont on l'accusoit, il se contenta de l'enfermer dans le lieu le plus sauvage des forêts d'Ardenne, où, dans l'horreur des remords et les langueurs d'une longue prison, elle finit misérablement ses jours, peu plainte dans les derniers malheurs de sa vie, et moins regrettée après sa mort.

Tels furent les aventures et le caractère de deux personnes fameuses sans doute dans l'histoire, mais d'une manière bien différente de ce que je viens de vous dire. Pour Clodion, après avoir affermi ce que son père avoit usurpé ou conquis en Bourgogne, et mis ordre à ce que le fils de Rosemonde ne fût pas en état de lui disputer un jour la succession de son père, il tourna ses pas et ses pensées avec un empressement extrême vers la ville de Troyes. Il n'y fit pas un long séjour; et, ne trouvant pas de quoi l'occuper de ces côtés, il porta ses armes ailleurs, et fit de nouvelles conquêtes qu'il ne posséda pas tranquillement. Le fameux Aétius, général des Romains, commençoit à rétablir par-tout les affaires de l'empire; et Clodion, le plus puissant de ceux qui s'étoient nouvellement établis sur ses débris, cédoit par - tout où il trouvoit en tête ce grand capitaine. Il voulut pourtant tenter la fortune auprès de Tongres, jusqu'où il avoit porté ses armes, contre cet ennemi redoutable; mais elle lui fut si contraire dans une bataille où il avoit ramassé toutes ses forces, qu'il abandonna non-seulement le champ au vainqueur, mais la plus grande partie des pays qu'il venoit de conquérir; et, repoussé jusque dans les limites de ses premiers états, il fut contraint d'y demeurer en repos plusieurs années. Ce fut pendant cet intervalle paisible qu'il épousa Clotilde, fille de Gondioche et de Rosemonde. Elle n'avoit rien de sa mère; beaucoup de douceur, beaucoup de modestie, et fort peu de beauté, établirent son mérite auprès de Clodion, qui sembloit en ce temps-là ne rien tant fuir ni tant craindre que celles que la beauté distinguoit le plus. Il n'avoit pas toujours été de ce goût. Troyes, une de ses premières conquêtes en guerre, fut le seul lieu où il en fit en amour. Cette ville, s'étant défendue jusqu'à l'extrémité, sans vouloir accepter les conditions les plus honorables, fut enfin

forcée ; et Clodion, dans l'ardeur bouillante de
la jeunesse et des premiers mouvements de sa colère, étoit résolu d'y mettre tout à feu et à sang,
lorsque Gertrude, fille du gouverneur, trouva
grace devant ce vainqueur irrité. Elle étoit blonde ;
son teint avoit de l'éclat, sa taille une grace extrême ; et, sur un visage où brilloient tous les
avantages de la première jeunesse, on voyoit régner l'innocence et la pudeur : des regards ti-
mides, qu'elle n'osa de long-temps tourner sur
Clodion, avoient quelque chose de si attendris-
sant dans leur humilité, qu'ils obtinrent ce qu'ils
demandèrent, et ce qu'ils ne demandoient pas. Sa
vie et sa liberté, avec celles d'un peuple près d'é-
prouver toutes les désolations de la guerre, ne
furent pas tout ce que le fils de Pharamond lui
accorda. Il étoit aimable en sa personne ; et,
couvert de tant de gloire à son âge, quel cœur
pouvoit lui résister ? Celui de Gertrude ne se
rendit pourtant de long-temps ; le respect, insé-
parable du véritable amour, étoit mêlé dans tous
les témoignages que Clodion en donnoit à la modeste Gertrude. Cependant la délicatesse scrupuleuse de ses sentiments ne pouvoit souffrir qu'on
la recherchât par des voies qui choquoient sa mo-

destie. La disproportion étoit grande entre leurs naissances et leurs conditions : cependant la résistance de Gertrude, fondée sur la noblesse de ses sentiments et l'austérité de sa vertu, lui tint lieu de tout. Il promit de l'épouser dès qu'il en seroit maître par le consentement ou la mort de son père. Il partit à regret pour de nouvelles conquêtes, n'emportant de faveurs d'une maîtresse adorée que l'espoir de la posséder par des voies légitimes, et ce que les paroles les plus tendres, les soupirs et les pleurs lui donnèrent de consolation à son départ. Gertrude avoit paru au comble de ses vœux lorsque son amant avoit enfin déclaré qu'il l'épouseroit : tout flattoit sa tendresse pour lui ; et cette tendresse s'accordoit avec sa gloire. Cependant, au milieu de tant de bonheur, elle paroissoit souvent accablée d'une profonde tristesse ; et, dans ces heures charmantes où deux personnes qui s'aiment oublient ensemble le reste de la terre, un noir chagrin l'enlevoit aux douceurs que goûtoit son cœur. D'abord que Clodion fut parti, au lieu de l'éclat des hommages et des respects que lui attiroient sa nouvelle fortune et le rang où elle étoit destinée, elle s'imposa un exil volontaire, et ne voulut que le plaisir secret d'être digne de ce qu'elle refusoit. Il y avoit alors auprès de Troyes une femme extraordinaire, et qui passoit pour magicienne : elle s'appeloit Alboflède, quoique ce fût apparemment la même dont nos auteurs et nos traditions font tant de mention sous le nom de Mélusine ; et je ne comprends pas pourquoi la postérité affecte si souvent de changer les noms, plutôt que les lieux ou les circonstances de ce qu'elle reçoit des temps qui la précèdent.

Cette femme avoit établi sa demeure dans une île que forme la Seine, deux lieues au-dessus de Troyes. Sa maison, située sur le bord de la rivière, avançoit sur une galerie soutenue de piliers de marbre jusque bien avant sur l'eau : il y avoit au-dessous des lieux propres et commodes pour le bain. Un jardin rempli de fleurs curieuses, et orné des plus rares plantes, toujours soigneusement cultivé, s'étendoit le long du fleuve. Peu de magnificence, mais un arrangement et une propreté extraordinaires rendoient tout cela délicieux dans sa simplicité. Il n'y avoit pas chez elle un seul domestique qui fût visible ; et cependant on y trouvoit toutes les commodités de la vie, sans savoir comment ni par qui on étoit servi. Ce

fut dans cette solitude enchantée que Gertrude
voulut se dérober au commerce du monde pendant l'absence de son amant : elle ne voulut qu'une
seule de ses femmes ; et il ne fut permis qu'à un
frère, qu'elle aimoit tendrement, de la voir. Alboflède avoit de l'amitié pour le père de son hôtesse : on tenoit qu'elle lui avoit enseigné la magie ;
d'autres, que leurs engagements étoient d'une
autre nature, et que Gertrude étoit sa fille : ce
qui ne paroissoit pas croyable, puisque ce qu'il
y a de plus difforme et de plus horrible dans la
vieillesse et la laideur se voyoit dans Alboflède,
sans qu'il y eût personne qui se souvint d'avoir
seulement entendu dire qu'elle eût été autrement.

Elle étoit, à ce qu'on prétendoit, fille d'un ancien druide fort savant dans l'astrologie, qui,
ayant fait son horoscope, trouva qu'elle devoit
surpasser toutes les femmes en beauté et en légèreté. Il trouva ce dernier article de trop ; et,
ayant inutilement refeuilleté tous ses livres, dans
l'espérance qu'il s'y étoit mépris, il le trouva
toujours, et fut tenté de noyer cette beauté fu-
ture, pour s'épargner le chagrin de voir un jour
une fille parvenue au suprême degré de coquet-
terie que son étoile lui promettoit ; mais le druide

ne savoit pas que c'étoit à l'égard du corps que
son destin favorable lui accordoit tant de légèreté.
Cependant cette beauté devint si parfaite, que
tous ceux qui la voyoient en étoient éperdus;
mais personne n'en étoit plus entêté qu'elle-même.
Son père, qui le connut, jugea que cette préoc-
cupation étoit le premier effet de son penchant
fatal aux engagements; et, voulant tirer quelque
utilité pour elle de cette foiblesse même, il l'a-
vertit que la conservation des charmes dont elle
étoit si folle dépendoit de sa fierté, et que le
premier commerce d'amour qu'elle auroit la rendroit aussi laide qu'elle étoit belle; que l'unique
moyen d'éviter ce malheur étoit d'éviter tous les
hommes; que, pour pouvoir les fuir, il ne falloit pas leur donner le temps de parler; et que,
dès qu'on s'amusoit à les écouter, on ne pouvoit
presque jamais s'empêcher de les croire. Il ne
falloit pas tant de leçons pour une personne qui
méprisoit tout ce qui n'étoit point elle-même. Le
péril pourtant dont on lui dit que le commerce
des hommes menaçoit ses appas, lui donna quelque alarme. En vain une foule d'amants se dé-
claroit chaque jour pour elle; en vain les échos
répétoient sans cesse son beau nom; et en vain

tous les arbres en étoient brodés; rien ne la
touchoit que l'éclat de ses beaux yeux; et de cette
cohue de soupirants, qui l'auroient obsédée éternellement, elle sut se débarrasser ou par les rigueurs, ou par la fuite. Les amants respectueux
mouroient donc doucement de langueur, selon
l'ordre et la coutume, sans lui donner beaucoup
de peine; mais il s'en trouvoit de téméraires,
et quelquefois d'importuns, qui lui faisoient souvent exercer son talent.

Elle fut ennuyée enfin de courir tant de fois
sans en avoir envie, et d'être persécutée par les
rivaux de sa propre beauté, lorsqu'elle étoit occupée à la contempler dans quelque onde tranquille. Le dépit qu'elle en eut la fit renoncer à
tout le monde pour jouir paisiblement du plaisir
ingrat de s'adorer, et de se lorgner dans les lieux
les plus écartés. L'Amour s'en offensa, et résolut
de venger les amants qu'elle abandonnoit, par le
malheur le plus sensible qui pût lui arriver.

De mille charmes qui brilloient dans sa personne, le moindre étoit celui de ses cheveux;
ils étoient pourtant de la plus belle couleur du
monde, si longs et si épais, qu'ils la couvroient
entièrement quand elle vouloit. Un jour qu'elle

les peignoit au bord d'une rivière où elle s'étoit baignée, un cerf plus blanc que la neige, poursuivi par des chasseurs, se lança dans l'eau ; et, pendant que ceux qui le poursuivoient cherchoient un gué, il passa la rivière à la nage, et se vint doucement coucher auprès d'elle. Il paroissoit n'en pouvoir plus de lassitude, et sembloit lui demander sa protection par des regards tristes et languissants. Jamais rien ne lui avoit paru si beau, ni si digne de compassion ; elle mit la main dessus pour le caresser et le consoler : mais elle ne l'eut pas plus tôt touché, qu'elle le vit changer en homme. Sa surprise ne dura qu'un moment ; car, dans le péril qui la menaçoit, elle eut recours au moyen infaillible qu'elle crut avoir pour s'en garantir. Elle étoit presque nue ; et, la pudeur ajoutant une nouvelle vitesse à sa légèreté ordinaire, elle voloit au lieu de courir : mais on eût dit que cet amant téméraire, à qui l'Amour venoit de prêter ses ailes les plus rapides, avoit encore retenu sa qualité de cerf ; car tout ce que la nymphe pouvoit faire étoit de le devancer de trois ou quatre pas. Le vent agitoit ses cheveux pendant cette course précipitée ; mais elle étoit trop jalouse de la moin-

dre de ses beautés pour les voir ainsi exposées
aux yeux d'un profane qu'elle fuyoit; et, se
jetant dans le premier bois pour se dérober à ses
regards, elle donna dans le piége fatal qu'elle
vouloit éviter. A peine y eut-elle fait quelques pas,
que ses beaux cheveux se prirent à tous les buissons de son passage; chaque ronce en retint assez pour faire la fortune d'un amant respectueux;
mais celui qui la poursuivoit ne l'étoit pas assez
pour se contenter de ces précieuses dépouilles.
Elle fut enfin arrêtée par les branches d'un arbre
où tous ses cheveux s'étoient embarrassés. Ce
fut alors qu'elle eut beau prier, menacer et se
défendre; par malheur, celui à qui elle parloit
n'étoit pas un perdeur d'occasions; il ne l'aimoit
pas assez pour la craindre, et il la trouva trop belle
pour lui obéir; enfin le cruel dieu d'amour, qui
la vouloit punir, la livra à toute sa destinée. Je
ne vous dirai point que les mauvais plaisants du
temps disoient, en contant cette histoire, qu'elle
ne s'étoit point trop désespérée après son aventure, et que le malheur ne lui parut pas si grand
qu'on ne s'en pût consoler, s'il ne lui en avoit
pas coûté tous ses appas; mais, après cette perte,
la vie lui devint odieuse: elle fuyoit les fontaines

autant qu'elle les avoit cherchées avant cet horrible changement; et cependant un changement qui lui faisoit tant verser de larmes étoit purement imaginaire. Que toutes les précautions sont vaines quand on les veut opposer à l'influence d'une étoile maligne! C'est souvent la sagesse qui nous précipite dans notre destin, lorsqu'elle croit nous en éloigner le plus par une prévoyance inutile.

Le père d'Alboflède l'avoit trompée pour la rendre sage; toutes les menaces qu'il lui avoit faites de perdre sa beauté en perdant son innocence étoient des malheurs supposés, et jamais elle n'avoit brillé de tant de charmes que depuis qu'elle croyoit les avoir perdus. Elle n'avoit garde d'être détrompée; et, au lieu de s'en éclaircir, tous ces miroirs champêtres, où elle avoit passé de si doux moments à s'entretenir avec ses beaux yeux, étoient devenus son aversion la plus grande. Elle pleuroit nuit et jour un malheur qui n'étoit que dans son imagination; mais en est-il de plus grand que ceux qui sont de cette nature? Les fées enfin eurent pitié d'elle, et, voulant la soulager, mirent le comble à sa disgrace. Elle en rencontra une dans le fort de son désespoir, qui, pour la consoler, promit de lui accorder tel don qu'elle lui demanderoit ; mais en même temps elle lui dit de prendre bien garde à ce qu'elle alloit demander, parceque, l'ayant obtenu, l'octroi en étoit irrévocable. Hélas ! quel nouveau piége pour la malheureuse Albofléde ! Pouvoit-elle songer à autre chose qu'à ce qui l'occupoit éternellement ? Elle voulut qu'on la changeât dans l'instant depuis les pieds jusqu'à la tête, et qu'on rendît sa figure aussi différente de ce qu'elle étoit qu'il seroit possible. Il lui fut accordé ; et à peine avoit-elle achevé de parler qu'elle devint si affreuse, que la fée en eut peur et s'enfuit. Peu de temps après cette métamorphose, une autre fée se présenta sur son passage, comme elle cherchoit à se mirer quelque part. La fée lui offrit encore un don ; elle eut quelque peine à s'arrêter pour former un souhait ; tant son empressement étoit grand ! La grace qu'elle demanda enfin fut de pouvoir vivre, dans toute la beauté où elle étoit, autant d'années qu'elle avoit de cheveux à la tête. La petite déesse haussa les épaules à cette requête insensée ; mais elle ne put se dispenser de l'accorder. Elle ne fut pas plus tôt confirmée, comme elle crut, dans la possession d'une beauté dont elle avoit établi la durée sur cette quantité prodigieuse de cheveux qu'elle croyoit lui être revenus avec ses appas, qu'elle courut avec ardeur à la première fontaine pour jouir du plaisir de se revoir après une si longue absence; mais elle n'y vit qu'une vieille si ridée et si contrefaite, qu'elle en eut horreur. Cette figure, qui représentoit tout ce qu'il y a de dégoûtant dans la décrépitude, avoit pour tout ornement trois vilains cheveux gris à la tête. Elle ne se reconnut pas d'abord à cet affreux portrait; mais, lorsqu'elle lui vit tous les mêmes gestes que son étonnement lui faisoit faire, elle ne douta point de son malheur; et elle pensa se laisser tomber dans l'eau où elle se miroit, dès qu'elle le connut. Enfin, après avoir renouvelé les premiers regrets qu'elle avoit donnés à la perte de sa beauté, elle se consola un peu de ce qu'elle n'avoit plus que trois années à vivre dans l'horreur d'elle-même. Sa plus douce occupation étoit de compter tous les moments qui l'approchoient de son dernier terme, de se cacher pendant le jour dans les antres les plus écartés, et d'errer la nuit parmi les déserts et les forêts les plus sombres. Dans ce misérable train de vie, elle étoit enfin parvenue au douzième

15.

mois de sa dernière année, et comptoit n'avoir
plus que quelques jours à traîner l'odieuse figure
où son destin l'avoit condamnée, lorsque, après
avoir erré pendant une nuit fort obscure au travers des rochers et des précipices, où elle tentoit
inutilement de se perdre, elle arriva enfin auprès de cette même île où elle s'est établie depuis : elle crut y voir un feu qui répandoit une
si grande clarté sur les objets d'alentour, qu'on
les distinguoit comme en plein jour. Sa plus
grande aversion, après elle-même, étoit pour la
lumière; cependant elle fut saisie d'une curiosité
si violente de savoir d'où cela procédoit, qu'elle
passa la rivière pour s'en éclaircir. Elle trouva
un petit nègre endormi qui portoit un carcan
garni de pierreries si brillantes, qu'elles éblouis-
soient. Elle fut long-temps sans oser seulement
s'approcher de lui; car il lui parut encore plus
laid qu'elle n'étoit elle-même. A la fin, vaincue
par un désir extrême de s'emparer d'un trésor
qui n'étoit attaché que par un brin de fil, elle
s'en approcha, prête à s'évanouir par sa laideur,
et plus encore par son haleine; elle défit le carcan; mais, comme elle voulut s'éloigner avec ce
précieux butin, le petit monstre s'éveilla. Il pa-

rut cent fois plus laid après qu'il eut ouvert les
yeux ; elle voulut fuir ; mais elle avoit perdu avec
sa beauté toute sa vitesse. Le Maure, sans empressement pour le vol qu'elle lui venoit de faire,
lui dit que le bijou étoit encore plus précieux
qu'elle ne croyoit ; il lui permit de se l'attacher
autour du cou, à condition qu'elle repasseroit la
rivière à l'instant. Cette loi ne lui parut pas dure :
elle n'avoit plus que quelques jours à vivre, et
cependant elle fut ravie d'être en possession de
ce merveilleux carcan. Elle entra dans l'eau, en-
tourée de mille rayons de lumière : mais quel fut
son étonnement lorsque tout cet éclat fut effacé
par celui de sa première beauté, qu'elle vit briller
dans l'eau ! Sa joie ne dura guère ; elle étoit trop
immodérée pour cela. Quel fut son désespoir
lorsque le petit vilain lui proposa, ou de rendre
le carcan, ou de se donner à lui !... Elle lui jeta
d'abord à la tête, pleine d'indignation et de mépris, ce trésor, tout précieux qu'il étoit ; mais,
s'étant voulu revoir dans l'eau ensuite, elle fré-
mit, et tourna les yeux sur le Maure. Il étoit détestable depuis la tête jusqu'aux pieds : cependant, après avoir bien marchandé, **elle racheta
sa beauté. Son nouveau petit mari étoit grand**

magicien ; mais il n'en savoit pas assez pour casser entièrement l'arrêt des fées ; car, dès que le jour fut venu, Alboflède parut avec toute sa laideur. Pour adoucir ce dernier chagrin, le petit sorcier, après avoir trempé l'unique cheveu de sa maîtresse dans le jus d'une herbe qui le rendit si fort que rien ne le pouvoit rompre ni arracher, lui enseigna son art : elle connoissoit l'avenir, commandoit aux éléments ; et, quand il lui plaisoit, elle exerçoit le pouvoir de la magie dans toute son étendue. Occupée de tant de connoissances relevées, elle revint insensiblement de cette foiblesse extrême qu'elle avoit eue pour sa beauté ; et le petit nègre, qui n'avoit eu de curiosité pour elle que pendant le moment que cette beauté lui étoit revenue, lui laissa son île et ses enchantements, et disparut.

Cette fable vous aura peut-être semblé d'une digression trop longue au milieu de l'histoire véritable que vous écoutiez : reprenons-en le fil.

Clodion avoit succédé à son père, comme j'ai déja dit. Il y avoit six mois qu'il étoit éloigné de sa chère Gertrude, six siècles pour une passion comme la sienne : elle n'étoit point sortie un seul moment de son souvenir pendant tout ce temps ;

et l'absence, qui affoiblit souvent la tendresse la plus fidèle, sur-tout au milieu des grandes occupations, n'avoit fait qu'augmenter la sienne. Il se mit en chemin, plein du desir de revoir et de rendre heureux ce qu'il adoroit ; charme sans doute le plus doux qu'on puisse goûter en aimant ! Il se la figuroit, à chaque pas qu'il approchoit d'elle, abîmée de douleur pour son absence, et mourant de langueur et d'impatience pour son retour. Quel plaisir de faire cesser tant d'inquiétudes en devenant heureux ! Un homme possédé de ces flatteuses idées va d'ordinaire bien vite : aussi prévint-il par son arrivée le bruit même de son départ pour Troyes. Sa surprise de n'y point trouver Gertrude fut égale à celle qu'il avoit cru lui causer par sa présence inopinée. Il n'y avoit que son frère qui sût le parti qu'elle avoit pris. Clodion, alarmé de ce que personne ne lui en pouvoit dire des nouvelles, fit chercher ce frère, qu'on eut bien de la peine à déterrer ; tant il sembloit que tout conspirât à le désespérer dans son impatience ! mais, lorsqu'avec tout l'empressement et le désordre que l'amour mêlé de crainte inspire, il lui eut fait cent questions à-la-fois sur sa sœur, et qu'il le vit interdit et confus, il ne

douta point qu'elle ne fût morte, et s'abandonna
au désespoir et à la fureur tout ensemble. Le
frère de sa maîtresse en craignit les effets ; et, s'é-
tant excusé sur la défense qu'elle lui avoit faite
de révéler le lieu de sa retraite, il s'offrit de l'y
conduire. Jamais tant de joie n'avoit succédé à un
état aussi cruel que celui où les frayeurs de Clodion l'avoient réduit : on lui redonnoit la vie, en
l'assurant de celle de sa chère maîtresse ; c'étoit
assez pour tout pardonner. On prépara un bateau
avec les rameurs les plus forts et les plus experts
qu'on put trouver ; il s'y embarqua avec son seul
conducteur : et, toujours rempli de la gentillesse
qu'il y auroit à surprendre agréablement sa maîtresse, il retint tous ceux que son frère vouloit
envoyer pour l'avertir de leur arrivée. Cependant
ceux qui conduisoient le bateau le faisoient aller
d'une vitesse extrême, tandis qu'il n'avançoit
presque point au gré du plus impatient des
hommes. Il étoit si transporté de l'espérance de
voir en peu de moments sa charmante Gertrude,
qu'il ne se pouvoit contenir, et sollicitoit les rameurs, déja excédés par les efforts qu'ils faisoient,
de les redoubler encore. Tantôt il embrassoit le
frère de sa maîtresse, et tantôt il lui reprochoit

sa cruauté de l'avoir laissé un moment dans une incertitude qui lui avoit presque coûté la vie; mais, au lieu de répondre à ses caresses, et à cent questions tendres et confuses qu'il lui faisoit sur sa sœur, il garda toujours un silence obstiné, et sembla tenté, à chaque fois que Clodion l'embrassa, de se jeter dans la rivière avec lui. Enfin, tandis que le prince admiroit la froideur morne et chagrine dont on recevoit ses caresses, son petit bateau aborda sous cette galerie qui s'avançoit sur le fleuve. Dans le temps qu'il sautoit à terre, il crut entendre quelques gémissements dans la maison. Tout alarmoit son amour : il appela le frère de Gertrude pour le conduire, qui, sortant du bateau avec beaucoup de lenteur et de répugnance, le jeta de nouveau dans la surprise. A mesure qu'ils avançoient, cette voix plaintive sembloit se hausser; à la fin, ce furent des cris si aigus et si perçants, qu'il ne douta plus qu'on ne fît quelque violence à la personne qui les poussoit. Il enfonça la porte du lieu d'où ils partoient, et vit à terre sa fidèle Gertrude entre les bras d'une vieille, et auprès d'elle une petite créature qu'elle venoit de mettre au monde. Il demeura immobile à l'aspect de la vieille et de l'enfant, dans le temps que la mère, revenue de l'évanouissement où l'avoit jetée la dernière douleur, ouvroit foiblement les yeux. Ciel! quel objet les frappa, et que la vue de celui qu'elle aimoit plus que sa vie lui parut affreuse dans l'état où elle étoit! Un second évanouissement la déroba à l'horreur des réflexions, pendant que l'étonnement, la jalousie et la fureur rendoient de beaux combats dans l'ame de Clodion. Ils ne durèrent pas long-temps; sa maîtresse revint par de nouvelles douleurs; ses cris pitoyables, et l'agitation violente qu'elles lui causèrent, firent céder l'indignation de son amant à un reste de tendresse; et déja il se mettoit en devoir d'assister 'Albofléde fort occupée à la secourir dans ses convulsions, lorsqu'après de nouveaux efforts elle donna un compagnon au petit enfant dont elle venoit d'accoucher. Ce témoignage redoublé d'une infidélité outrée, le changement que souffrit son visage dans ces tourments, et le spectacle désagréable d'une disgrace arrivée en sa présence, effacèrent en un instant de l'ame de Clodion tout ce qui l'avoit intéressé pour elle. Il regagna son petit bateau, aussi occupé de la bizarrerie de son aventure pendant le retour, qu'il l'avoit été de son impatience en l'allant chercher. Il se contenta d'avoir été la dupe du premier engagement de son cœur, sans en vouloir publier la honte par un éclat inutile.

Comme il faisoit préparer toutes choses pour s'éloigner des lieux qui lui auroient sans cesse renouvelé l'idée d'une aventure qu'il vouloit oublier, il vit un jour Alboflède au milieu d'un cabinet où il s'étoit enfermé pour écrire. La surprise que lui causèrent sa figure et sa présence inopinée cédoit à une espèce de respect dont il ne put se défendre pour elle, lorsqu'elle lui parla en ces termes : La malheureuse Gertrude n'est plus ; elle fut innocente de l'infidélité dont tu crois avoir vu les témoignages ; mais il ne m'est pas permis d'en dire davantage pour la justifier : c'est au temps seul qu'il est réservé de rétablir sa réputation ; cependant sois persuadé que nul d'entre les hommes n'a séduit son innocence, ni triomphé de sa vertu : et Clodion seul de tous les mortels... Clodion, s'écria le prince en l'interrompant brusquement, n'est peut-être pas, sans le savoir, père des enfants qu'il a vu naître ! Cependant j'en aurai soin, sans examiner qui l'est ; et je dirai de plus que je ne suis pas insensible au malheur de leur mère, malgré tout ce qui devroit l'effacer pour jamais de mon souvenir. Oublie-la, dit-elle, puisque tu ne t'en souviendrois que pour outrager sa mémoire ; mais apprends que ce qu'elle laisse sera peut-être un jour arbitre de la destinée des tiens. A ces mots il vit briller quelque chose de si merveilleux dans les regards de celle qui lui parloit, qu'il fut contraint d'en détourner les siens, et ne la vit plus lorsqu'ils la recherchèrent. Mais achevons succinctement ses aventures et son règne. Il tourna dès lors toutes ses pensées vers la guerre, rebuté de toutes celles de l'amour ; et ce ne fut que quinze ou vingt ans après, qu'il fit le mariage dont je vous ai parlé, et dans lequel les tendresses du cœur n'avoient assurément point de part : mais il vouloit des successeurs ; cependant il n'en eut point, quoique la vertueuse Clotilde lui eût donné un fils et une fille dès les premières années. Il en passa quelques-unes tranquillement, goûtant la douceur du repos dans un ménage heureux. L'ambition et la guerre allumée de toutes parts l'en tirèrent pour le porter par-tout où il crut profiter du désordre où étoient pour lors les affaires de l'empire. Le succès ne fut pas toujours heureux pour lui dans cette entreprise; le grand Aétius avoit arrêté sur le penchant de sa ruine cette vaste puissance que son propre poids sembloit entraîner; et par-tout où Clodion l'eut en tête, ce fut à son désavantage. Cependant ce qu'il y avoit d'aventuriers qui cherchoient la gloire ou la fortune venoient servir sous lui, sûrs que le mérite n'y demeureroit point sans récompense. Parmi ceux qui s'y étoient signalés avec le plus de distinction, il avoit honoré de son estime et comblé de bienfaits un jeune inconnu qui n'avoit pas manqué une occasion de se faire remarquer. Sa personne étoit agréable; et, profitant du penchant que le roi avoit pour lui, son assiduité le rendit l'objet de ses libéralités et de l'envie des courtisans; car la faveur n'a non plus de bornes dans son accroissement que la disgrace n'en a lorsqu'elle commence à persécuter. Le nom seul du nouveau favori étoit toute la connoissance qu'on avoit de lui : il se faisoit appeler Méroué. Le roi, pour combler sa fortune, lui fit épouser une sœur aînée de sa femme, dont il n'avoit pas voulu parcequ'elle étoit belle.

C'étoit l'usage, dès ce temps-là, de mener la cour à la guerre lorsque le roi y alloit; et, comme les évènements en sont incertains, les dames, au lieu d'assister aux victoires et aux triomphes, voyoient quelquefois le contraire.

Ces noces, célébrées auprès de Laon, pensèrent être fatales aux François. Clodion s'étoit avancé pour couvrir cette place que les Romains sembloient menacer. Le vigilant Aétius ne douta point que l'éloignement de son camp, et les réjouissances où les ennemis s'abandonneroient, ne lui donnassent lieu de les surprendre. Il ne fut point trompé ; et, tombant sur eux à la pointe du jour, il les trouva accablés de vin et de sommeil, sans gardes et sans défense. Méroué fut le premier en état de les recevoir ; et, courant au quartier du roi à la première alarme, rallia ce qu'il put à la hâte, le dégagea d'une foule d'ennemis qui l'avoient déja environné ; et, après l'avoir sauvé, fut assez heureux pour tirer encore sa nouvelle épouse du dernier des malheurs : la reine tomba, heureusement pour elle, entre les mains du général ennemi. Elle fut traitée avec tout le respect dû à son caractère, et renvoyée trois jours après avec une escorte honorable. Ce **fut le dernier échec que reçut Clodion ; Aétius, attiré ailleurs pour la défense de l'empire, lui donna le temps de se remettre.**

Les conseils de Méroué, aussi sage qu'il étoit vaillant, n'aidèrent pas peu Clodion à établir une puissante monarchie en peu d'années. Il avoit une opinion si avantageuse de tout ce qui regardoit son favori, qu'il ne le pouvoit croire, lorsqu'il avouoit franchement qu'il croyoit sa naissance obscure, toutes les fois qu'il lui en parloit. Je n'en rougirai point, seigneur, lui disoit-il; nous ne sommes pas maîtres de cet endroit de notre fortune. Content de mériter que ma naissance réponde à celle où vous m'avez élevé, je vous dirai que tout ce que j'en sais est qu'une vieille femme, horriblement laide, m'a fait élever dans un endroit délicieux. Elle m'en a chassé dès qu'elle a cru que j'étois en état de me produire par mon mérite, ou de trouver une mort glorieuse dans les armes. Les premières que j'ai portées ont été à votre service; un papier fermé que cette vieille m'a donné pour vous rendre, et que j'ai cru de trop peu de conséquence pour vous l'oser présenter, vous en dira peut-être davantage. Clodion, le regardant avec une attention merveilleuse pendant ce discours, ouvrit avec émotion le papier qu'il lui présenta, et y lut ces mots:

« Méroué, fils de Gertrude, tient le jour d'un
« père immortel ; le témoignage d'Alboflède doit
« suffire pour confirmer cette vérité. »

Clodion, ayant rêvé quelques moments après
cette lecture, embrassa tendrement Méroué, et
lui dit, en souriant, qu'il n'étoit point question
de son père ; que, mortel ou immortel, il n'en
avoit pas trop bien usé pour la pauvre Gertrude ;
mais qu'il lui pardonnoit sa part de l'injure pour
l'amour d'un fils si accompli. Son estime et sa
confiance pour lui allèrent toujours en augmen-
tant, et Méroué régnoit effectivement pendant les
dernières années du règne de son maître ; mais
il les rendoit glorieuses par les avantages signalés
qui étendirent ses états pendant la guerre, et il
les rendit heureuses par une paix qui donna le
repos et l'abondance aux sujets de sa nouvelle
domination.

Clodion mourut à Reims, où il avoit établi le
siége de sa royauté, ayant confié l'état, et son fils
même à Méroué pendant la foiblesse de son âge.
Il reçut l'un et l'autre de ces grands dépôts, avec
intention de s'acquitter par ses soins et sa fidélité de tout ce qu'il devoit à la mémoire de Clodion ; mais bientôt la fortune en disposa autre-

ment. Il fut obligé de se mettre à la tête d'une puissante armée, pour s'opposer aux barbares qui, après avoir désolé les terres de l'empire sous la conduite d'Attila, s'étoient répandus dans toutes les provinces voisines : le danger étoit pressant ; la confiance que les troupes avoient en la valeur et la conduite de Méroué leur fit mépriser ce péril ; mais ils ne voulurent marcher contre un ennemi si redoutable, que sous un roi. Ils méprisoient la stupidité du fils de Clodion, déja en âge de porter les armes, et cependant indignement arrêté sous la conduite de sa mère. Il fallut céder : Méroué fut élevé sur un bouclier au milieu de l'armée, et proclamé roi des François avec toutes les cérémonies d'une pompe militaire. Le ciel sembla, par toutes sortes d'heureux succès, approuver cette injustice.

Il joignit ses troupes à celles du grand Aétius ; et ces deux fameux capitaines ayant défait une partie de l'armée barbare auprès d'Orléans, qu'ils avoient assiégé, après l'avoir encore affoiblie par plusieurs combats, joignirent enfin le roi des Huns dans les plaines de Châlons, où il avoit rassemblé et déployé cette multitude innombrable de combattants, et l'attaquèrent avec tant de va-

leur et de succès, que la terre fut couverte d'un
million de morts.

Cependant la veuve de Clodion, alarmée au
premier bruit de l'ingratitude et de la perfidie
dont elle accusoit l'ambition de Méroué, n'eut
point d'égard aux protestations qu'il faisoit de
n'avoir accepté le titre de roi que pour le conserver à son fils. Elle se sauva avec ce fils et une
fille, sans s'amuser aux pleurs de sa sœur, ni aux
assurances qu'elle lui donna de la fidélité de son
mari; rien ne put la rassurer.

Elle avoit donc été trouver Attila avant sa dernière défaite, lui avoit confié la personne et la
fortune du prince; et, après avoir reçu des assurances de châtier l'usurpateur et de rétablir son
fils, elle méditoit de se retirer chez les Bourguignons, où la mémoire de Gondioche avoit encore des partisans. Mais, ayant appris la défaite
d'Attila, dans laquelle le bruit couroit que son
fils avoit péri, elle se détermina enfin à chercher
un asile auprès d'Aétius, de qui elle avoit déja
éprouvé la générosité. Elle se rendit à la ville
d'Aquilée, comme ce grand homme venoit d'y
ramener l'armée romaine, tandis que Méroué,
ayant rétabli la tranquillité dans ses états, étoit

aussi de retour dans la capitale des François. Il
fut touché du parti que l'injuste défiance de Clotilde lui avoit fait prendre : mais, la nouvelle de
la mort du fils de Clodion étant alors confirmée
de toutes parts, il se consola enfin dans la possession d'une couronne qui sembloit désormais
lui appartenir par la loi même de son premier
fondateur, aussi-bien que par le choix des François.

Depuis ce temps-là il n'eut plus rien à sou-
haiter de la fortune : les prospérités prévenoient
ses vœux, et tous ses projets étoient accompagnés
de succès heureux. Son épouse lui donna un successeur, lorsqu'il fut assez affermi dans ses états
pour n'avoir que ce bonheur à desirer : il en visita toutes les provinces, comblé par-tout de bé-
nédictions et de louanges. Il sembloit chercher à
établir le siége de sa domination, au milieu d'une
paix heureuse, dans quelque lieu digne de la magnificence dont il méditoit de l'embellir. Troyes
enfin le détermina : il regardoit cette ville comme
le lieu de sa naissance. La situation n'en étoit pas
heureuse ; mais la foiblesse des grands hommes
est de vouloir combattre la nature, et de vaincre
toutes les difficultés par l'art et la profusion, plu-

16.

tôt que de soumettre leur orgueil aux conseils ou
aux propositions des autres, quelque raisonnables
qu'ils les connoissent.

Méroué donna beaucoup de temps à la re-
cherche inutile de la fameuse Alboflède ; rien ne
put lui en donner des nouvelles. Il visita souvent
ce séjour extraordinaire où elle avoit rendu tant
d'oracles ; et ce fut là que, pour en éterniser la
mémoire, il déploya sa magnificence, en épui-
sant tout ce que pouvoient l'art et l'invention
pour rendre cette petite île la merveille la plus
rare qui fût alors dans le monde.

On prétend que de certaines tablettes écrites
de la main d'Alboflède s'étoient trouvées dans le
temps qu'on travailloit à l'embellir ; qu'entre plusieurs prédictions elles contenoient l'aventure de
Gertrude, qui, se baignant au bord de cette île,
fut surprise par le dieu du fleuve ; qu'elle en
eut les jumeaux dont Méroué étoit l'aîné ; et
que, tandis qu'elle donnoit ses soins à sa première enfance, l'autre fut rendu à son père. Le
peuple reçut comme une vérité tout ce qui se
répandit d'avantageux sur la naissance de son roi.

Mais pendant que Méroué établissoit à Troyes
le séjour enchanté de sa demeure, et la foi d'une

origine que les esprits forts de ce temps-là trai-
toient de fabuleuse, voyons ce que devinrent chez
les Romains les restes infortunés de la famille de
Clodion.

Le jeune Valentinien étoit alors empereur,
prince si abandonné à tous les excès où son mauvais naturel et ses plaisirs l'entraînoient, que le
vertueux Aétius, avec toute l'autorité que ses services lui donnoient sur son esprit, pouvoit à peine
s'opposer à ses violences.

L'accueil que Clotilde et sa fille trouvèrent dans
l'asile que leur donna ce grand homme surpassa
leur espérance. Aquilée étoit alors le siége de
l'empire : car, depuis que Rome, abandonnée par
le foible Honorius, avoit été livrée à la fureur des
barbares, ses successeurs sembloient avoir entièrement déserté une ville si long-temps maîtresse
de l'univers. Aétius n'oublia rien de ce que la
magnificence et la politesse d'une nation qui trai-
toit les autres de barbares, pouvoient offrir pour
adoucir les malheurs d'une grande reine; mais,
pour lui assurer sa protection, il falloit, avant
toutes choses, lui trouver un asile contre une
puissance supérieure. La fille de Clodion étoit
d'une beauté peu commune; ainsi le premier soin

d'Aétius fut de la cacher aux yeux de son maître.
Une maison agréable et magnifique, qu'il avoit à
quelques milles d'Aquilée, fut la retraite des
princesses. Elles y étoient servies avec tout le
respect et tous les égards qui étoient dus à leur
caractère; et, si les malheurs de Clotilde eussent
été d'une autre nature, c'étoit sans doute dans
cette douce et tranquille retraite qu'elle eût pu
les oublier : mais elle venoit de perdre un fils,
objet de sa tendresse et de ses plus chères espérances ; elle se voyoit fugitive dans une cour où
sa fille, reste unique de la race de Clodion, n'o-
soit seulement paroître, condamnée à passer ses
beaux jours dans une solitude éternelle, ou à
commettre ses charmes et son innocence à la
discrétion du plus emporté de tous les hommes.
Cette situation parut si cruelle à la malheureuse
reine, que son courage fier et orgueilleux ne le
put supporter; et, rongée d'un chagrin perpé-
tuel, elle y succomba enfin, et mourut entre les
bras d'une fille désolée, que, dans un âge si
tendre et une fortune si déplorable, elle laissoit sans aucun appui que la générosité d'un
homme qui avoit autrefois été l'ennemi de sa
maison.

La mort de Clotilde toucha sensiblement Aétius; mais le triste état où elle laissoit la princesse
redoubla sa tendresse pour elle, et l'intéressa tellement dans sa fortune, qu'il l'adopta. Ce n'étoit
point la faire descendre du rang où elle étoit
née; et vous savez ce que c'étoit qu'un citoyen
romain dans le temps de la république. Aétius
étoit patrice; et dans celui du bas-empire, cette
dignité, d'où l'on montoit souvent au trône, n'é-
toit pas tenue pour inférieure à celle des rois. Il
ne se repentit point de cet excès de générosité:
tant de noblesse et de vertus brilloient dans les
sentiments de la princesse, que la seule inquiétude du Romain étoit de voir son mérite enseveli dans l'indigne obscurité où les fureurs de
Valentinien l'obligeoient de la cacher; mais il
résolut enfin de l'en tirer. Maxime, jeune séna-
teur, étoit ce qu'il y avoit alors de plus digne
d'elle à la cour; il étoit de tous les plaisirs de
l'empereur, sans participer aux désordres où ses
débauches le plongeoient. Aétius, le voyant avec
plaisir se distinguer au milieu d'une jeunesse
corrompue, autant qu'il s'étoit distingué dans les
périls de la guerre, jeta les yeux sur lui pour
hériter de ses richesses immenses, et posséder

un trésor encore plus précieux dans la chère fille qu'il lui destinoit. Maxime connut tout son bonheur dès qu'il la vit, et la fille de Clodion ne vit rien à dédaigner dans l'offre d'un cœur comme le sien : le temps ne fit qu'augmenter la passion de l'un, et la tendresse et l'estime de l'autre.

Valentinien consentit au mariage de son favori avec une étrangère ; et, aux instantes prières d'Aétius, il promit même qu'il n'assisteroit pas à leurs noces. Cet honneur avoit quelquefois été fatal aux Romains qui épousoient de belles femmes.

Jamais hymen ne s'étoit célébré sous des auspices plus heureux en apparence ; et c'est de ce mariage que l'infortunée Zénéyde est née, dernière d'un sang malheureux, que le courroux du ciel n'a point cessé de persécuter. A ces mots, de nouvelles larmes coulèrent des yeux de la belle Zénéyde ; car je me doutai bien alors que c'étoit elle : et, tandis qu'une douleur si vive, après tant de siècles, m'intéressoit pour elle, je trouvois quelque chose de si singulier à me voir tête-à-tête avec la petite fille du bon roi Clodion, que je fus sur le point d'en faire un éclat de rire, qui n'auroit pas été de saison. Je regardois de tous mes

yeux une personne qui, par son âge, pouvoit
avoir été grand'mère d'un patriarche; et qui,
par sa beauté et sa fraîcheur, pouvoit passer pour
la déesse du printemps. Elle connut d'abord ma
pensée; et, continuant son discours : La fin de
cette histoire, dit-elle, vous éclaircira un mystère qui vous embarrasse; mais, avant que d'y
venir, je serai obligée d'alonger mon récit par
des particularités d'aventures qui vous en paroîtront détachées en quelque manière : mais je tâ-
cherai, en vous les contant, de les rendre le moins
ennuyeuses que je pourrai.

Aétius espéra que la faveur de Maxime garan-
tiroit sa femme des insultes que sa beauté avoit
à craindre des emportements de Valentinien. Ma
mère parut à sa cour comme un nouvel astre;
elle effaça même l'impératrice Eudoxie, qui jusque-là n'y avoit rien vu qu'elle n'eût effacé : mais,
au milieu des louanges dont cette nouvelle beauté
faisoit retentir le palais, Valentinien demeura
muet; et le plus susceptible de tous les hommes
fut le seul qui ne marqua point d'attention pour
elle. Maxime en loua les dieux; mais Aétius, qui
connoissoit le cœur perfide de son maître, en tira
un mauvais augure, et jugea dès-lors qu'il ne

falloit exposer que rarement à ses yeux une beauté
si dangereuse. Ma mère reçut avec joie une proposition qui convenoit à son humeur, et mettoit
en repos l'esprit d'un mari qu'elle aimoit tendrement. Elle prit congé de la cour dès le jour qu'elle
y fut présentée, et il ne tint pas à elle que ses
charmes n'en fussent exilés d'une distance capable
de la sauver de ce qu'ils en avoient à craindre.
L'empereur cependant, qui les avoit tous sentis
jusqu'au fond du cœur dès le premier moment de
sa vue, sentit par son absence augmenter ses dé-
sirs et son impatience; car, chez lui, les premiers
mouvements d'une passion étoient toujours le
dessein de la satisfaire. Les égards qu'il avoit
encore pour les services d'Aétius l'avoient obligé
à dissimuler pour un temps tout ce que cette fatale vue avoit allumé d'injustes feux dans son
ame; mais, après avoir tenté toutes sortes de
moyens pour la faire revenir à la cour, que l'impératrice même l'en eut sollicitée, et que la guerre
piquante qu'il faisoit chaque jour à Maxime sur
sa jalousie fut aussi inutile que tout le reste, il
se lassa de la contrainte où le tenoit une si longue dissimulation, et se préparoit aux dernières
extrémités lorsque, sur le point qu'il l'alloit en-

lever, un affranchi de Maxime, dépositaire des
secrets de son maître, vint révéler un mystère à
Valentinien, qui le fit changer de dessein. Il lui
apprit que ma mère avoit donné une bague à son
mari, qu'il tenoit si chère qu'il ne la quittoit jamais; qu'ils étoient convenus que, quelque ordre
qu'il lui pût envoyer de paroître à la cour, elle
n'y obéiroit pas à moins que de voir ce gage de
leur tendresse. Ce fut sur cet avis que l'artificieux
et cruel empereur forma le projet d'un stratagème, qui ne lui réussit que trop. La passion
dominante de Maxime étoit le jeu; Valentinien
le savoit; et, ayant ordonné en secret à ce qu'il y
avoit de plus adroit à ce pernicieux métier dans
sa cour, d'entreprendre son favori, et de tâcher
de le réduire à prendre de l'argent sur sa bague,
ils y réussirent. La chose étoit difficile; il s'étonna
qu'on ne voulût plus jouer sur sa parole, et qu'on
refusât des pierreries de plus grand prix qu'une
bague dont il s'obstinoit à ne se point défaire :
mais il étoit piqué de sa perte; et, l'empereur
n'étant point de la partie, il ne soupçonna d'aucune supercherie ceux contre lesquels il jouoit.
Il ne s'en fut pas plus tôt défait, à condition de
la racheter après le jeu, qu'il reçut ordre de l'em-

pereur, lorsqu'il y étoit le plus échauffé, de se
rendre incessamment avec Aétius à quelques légions campées à une journée d'Aquilée, qu'on
disoit s'être mutinées. Maxime donna dans le
piége avec tant d'ardeur et d'empressement, qu'il
partit sans aller seulement chez lui. A peine
étoit-il hors de la ville, que sa femme reçut la
malheureuse bague des mains du scélérat affranchi. Cependant, malgré ce témoignage convain-
cant des volontés de son mari, elle balança long-
temps avant que de pouvoir se résoudre à l'aller
trouver dans un lieu aussi suspect que le palais
de Valentinien ; mais tout conspiroit à son malheur. L'affranchi de son mari, qu'elle savoit être
le confident de ses plus secrètes pensées, se
chargeoit de la conduire ; et c'étoit chez Eudoxie
qu'il l'assura que Maxime l'attendoit. Elle ne
connoissoit point le palais : jugez de son étonnement lorsqu'elle se vit dans l'appartement de
l'empereur au lieu de celui d'Eudoxie, et qu'elle
ne trouva que Valentinien dans un lieu où elle
cherchoit son mari. Elle tourna de toutes parts
ses yeux effrayés ; mais, au lieu de cette foule qui
accompagnoit d'ordinaire le maître de ces lieux,
elle ne vit qu'une solitude qui la fit trembler. Elle

connut qu'elle étoit trahie ; et, voulant se retirer avec précipitation, elle trouva tous les passages fermés. Valentinien tâcha de la rassurer ; et, s'approchant d'elle avec une profonde soumission, il ne lui fit voir d'abord dans ses yeux et dans ses discours que des marques d'une passion très respectueuse : elle n'en fut point rassurée. Le perfide employa ensuite tout ce qu'ont de flatteur et d'insinuant, pour la foiblesse du sexe, l'amour, l'ambition, le désespoir et les pleurs ; mais elle n'en conçut qu'une plus grande indignation pour lui. Bientôt le tyran rentra dans son naturel ; et ce fut alors que les prières, les pleurs et le désespoir auxquels l'infortunée s'abandonna à son tour, furent aussi inutiles que ses cris et tous les efforts qu'elle employa contre sa violence.

Cependant Maxime, ayant eu des nouvelles en chemin que tout étoit paisible où il alloit, revint sur ses pas ; et, voulant en rendre compte à l'empereur avant toutes choses, il fut surpris de trouver les portes de son appartement désertes, au lieu d'y rencontrer cette presse servile dont elles étoient d'ordinaire obsédées. Elles s'ouvrirent dans le temps qu'il s'en approchoit, et il en vit sortir son épouse. Jamais l'affreuse Gorgone

ne parut avec tant d'horreur et de surprise aux
yeux de ceux qu'elle changeoit en rochers, que
ma mère s'offroit alors aux siens; et on eût dit
que cette vue, jadis si chère, venoit de faire le
même effet en lui. Il demeura éperdu, immobile
et sans sentiment, tandis que ma mère, frappée
comme d'un coup de foudre de voir que le premier témoin de son désordre étoit celui de qui
elle vouloit se cacher pour jamais, baissa les yeux;
et, détournant un visage où le désespoir étoit
peint, elle s'éloigna de lui avec tant de précipitation, qu'elle étoit dans son appartement avant
qu'il fût revenu de son étonnement. L'innocente
et malheureuse princesse ne voulut point se donner le temps d'envisager toute l'horreur de sa
destinée. Elle envoya prier Aétius de se rendre
auprès d'elle en diligence; et, ayant fait préparer
un bain, elle s'y mit et se coupa les veines. Il
arriva comme elle commençoit à sentir les premières défaillances; elle eut encore assez de force
pour lui conter son aventure; et, lui ayant remis
la fatale bague qui l'avoit séduite, elle parut con-
solée d'expirer entre les bras de son père, et de
pouvoir réparer par sa mort l'outrage innocent
qu'elle avoit fait à son mari. Aétius, pénétré lui-

même de la douleur la plus vive, ne put de long-
temps consoler Maxime. Il appréhendoit tout de
son impétuosité et de ses ressentiments : il craignit qu'il ne se portât à une vengeance qu'il ne
crut pas permise contre la personne du prince :
il craignit, d'un autre côté, que l'empereur n'en
demeurât pas là, et que, pour sa propre sûreté, il
ne portât l'injustice et la tyrannie jusqu'à l'extrémité, contre un homme qu'il avoit trop offensé
pour le laisser vivre. Mon père dissimula son
désespoir autant qu'il le put ; il feignit même
d'entrer dans tout ce que son ami lui dit pour
l'apaiser ; et peu de temps après il porta sa douleur et ses ressentiments à la guerre qui venoit
de recommencer entre le successeur d'Attila et
les Romains.

En partant, Aétius fit à son maître, sur la noir-
ceur de ce dernier crime, des reproches qui ne
furent pas trop bien reçus. Il conjura l'impératrice de me prendre sous sa protection jusqu'à
son retour, et partit avec Maxime. La victoire, à
son ordinaire, l'accompagna par-tout. Mais, tandis qu'il triomphoit des ennemis de l'empire,
Valentinien le désoloit. Il ne mit plus de bornes
à ses cruautés et à ses violences pendant l'absence

de celui qu'il commençoit à regarder comme un
censeur importun de ses actions. Maxime sentoit
une joie secrète dans le fond de son cœur à chaque nouvelle qui en arrivoit, pendant qu'il en
coûtoit des larmes au généreux Aétius : car, bien
loin que le temps eût étouffé dans l'ame du fier
Romain le ressentiment d'une si cruelle injure,
la violence qu'il se faisoit en la dissimulant aug-
mentoit sa haine implacable contre le tyran.
Dieux ! de quels moyens se servit-il pour l'assouvir, et que ne peut point la fureur de se venger dans les ames qu'elle possède ! Maxime savoit
trop qu'il n'y falloit pas songer tant que le fidèle
Aétius veilleroit à la sûreté de son indigne maître;
mais, décidé à se perdre lui-même ou à se venger,
il ne balança point dans la résolution d'immoler
son ami au desir furieux de laver dans le sang de
son maître l'affront qu'il en avoit reçu. Aétius re-
doubloit ses reproches à chaque lettre qu'il lui
envoyoit; mais celles que Maxime écrivoit à l'empereur étoient d'un autre style; la flatterie, appât
aussi dangereux pour les scélérats et les tyrans
qu'il l'est quelquefois pour les héros, étoit une
insinuation infaillible pour persuader que le général des Romains ne prenoit la liberté de cen-

surer les défauts imaginaires de son empereur, que parcequ'il portoit envie à ses vertus; qu'il étoit à craindre que le desir d'être en sa place ne le poussât à rendre son nom odieux aux légions, plutôt que cette tendresse qu'il affectoit pour la liberté des Romains et le repos de l'état; et qu'enfin un sujet que les soldats adoroient étoit toujours en possession de ne l'être plus dès que son ambition prendroit le dessus de la fidélité. Cet artifice, tout grossier qu'il étoit, réussit auprès d'un esprit ingrat et timide. Aétius fut rappelé sous prétexte d'un danger pressant qui menaçoit son maître; et le commandement de l'armée fut remis à Maxime. Le fameux Romain ne fut pas plus tôt arrivé à la cour, qu'il fut assassiné aux pieds de l'empereur, où il s'étoit jeté pour le saluer. La nouvelle en vint bientôt à l'armée; aussitôt une partie des légions courut à sa vengeance, tandis que dans Aquilée tout se souleva contre Valentinien; et ce furent ses propres gardes qui l'immolèrent aux mânes du grand Aétius et à la sûreté publique.

Mon père fut aussitôt proclamé empereur par le sénat et l'armée. A peine cette fortune put-elle le consoler de n'avoir pas porté lui-même le coup mortel dans le cœur du perfide qu'il n'avoit pu sacrifier à sa vengeance, sans envelopper dans sa perte le plus grand et le plus vertueux de tous les hommes. Lorsqu'il prit possession de l'empire, j'étois encore trop jeune pour être sensible aux malheurs de ma famille; je l'étois encore moins aux révolutions qui changèrent en ce temps-là ma fortune. Je ne me souviens que d'avoir toujours été élevée comme fille de l'empereur; et je regardois Eudoxie comme ma mère. Maxime l'avoit épousée peu de temps après son élévation à l'empire : on ne sait si ce fut par politique ou par amour; il y avoit des raisons pour l'un et pour l'autre. Enfin, la mémoire odieuse de son prédécesseur, et une forte inclination qu'il avoit pour la vertu, rendirent bientôt son règne si agréable aux Romains, qu'il jouissoit d'une tranquillité heureuse, lorsque Childéric, fils de Méroué, vint à sa cour. J'étois alors instruite des aventures de ma mère : j'y avois souvent donné des larmes, et j'avois conçu pour Méroué et toute sa race une aversion égale au tort que je crus qu'elle avoit fait à la nôtre : cependant le prince Childéric venoit me demander lui-même en mariage. Méroué, le plus prudent des hommes, voulut, par l'alliance des Romains, assurer à son successeur la possession d'un état qu'il n'avoit cessé d'augmenter depuis qu'il le gouvernoit. Il commençoit à sentir les infirmités de l'âge, et il prévit que son fils, plus porté au penchant qui l'entraînoit vers les plaisirs, qu'il ne paroissoit appliqué aux choses sérieuses, auroit besoin d'un protecteur tel que l'empereur des Romains, pour se maintenir sur un trône moins affermi que puissant.

Avant l'arrivée du jeune prince, j'étois pour lui dans les dispositions de haine que je viens de dire; et, lorsque le sujet de son voyage fut connu, je ne pouvois supporter la pensée de me voir unie avec un sang si fatal à ma famille, sans en frémir : mais sa présence changea un peu ces sentiments. Tout étoit aimable dans sa personne, grand et noble dans son air; ses manières étoient insinuantes et polies, son esprit plein de vivacité et d'agrément : mais toutes ces qualités aimables ne firent qu'effacer de mon ame l'aversion dont j'étois prévenue, sans y produire aucun mouvement plus favorable pour lui.

Comme je n'avois pas encore douze ans, ma grande jeunesse fut peut-être cause qu'il n'eut pas

d'attention pour une beauté dont on vouloit déja me flatter; peut-être aussi me négligeoit-il par la seule raison que je lui étois destinée. Cependant son père ne fut pas fâché du séjour qu'il fut obligé de faire à la cour romaine, en attendant que mon âge permît la célébration d'un hymen qu'il avoit fort à cœur. Il espéra que ce caractère de grandeur et de vertu, dont le nom romain étoit encore en possession, laisseroit dans l'esprit du prince des impressions opposées à celles qu'il y voyoit à regret. Childéric, pour ne point perdre de temps jusqu'à notre mariage, porta ses vœux par-tout où il trouva des objets dignes de ses soins et de son inconstance : il faisoit chaque jour des conquêtes, des infidélités, et des jaloux; l'empereur même ne fut point exempt des alarmes que ce dangereux étranger donnoit aux maris des plus belles Romaines. Son étoile, fatale au lien conjugal, commença à troubler par sa maligne influence l'heureuse paix qui avoit régné dans la famille de Maxime depuis son mariage avec Eudoxie. Elle n'avoit plus cet éclat dont brille la première jeunesse; mais elle avoit encore beaucoup de beauté. Les assiduités, et enfin les regards d'un homme dont toutes les beautés se disputoient la conquête, furent des hommages qui flattèrent sa vanité peut-être plus qu'ils ne touchèrent son cœur. Maxime, qui l'aimoit passionnément, s'en aperçut : la raillerie aigre étoit son fort, et il disoit publiquement à l'impératrice toutes les duretés que sa nouvelle jalousie lui fournissoit sur un engagement si disproportionné à son âge. Il n'y a point d'endroit si sensible pour les femmes qui n'ont pas encore renoncé à la jeunesse. Elle en fut piquée jusqu'au vif, et sentit déja un repentir de l'avoir fait succéder dans son cœur au cruel Valentinien, qui, dans toutes ses fureurs, ne l'avoit jamais si maltraitée à son gré. Mais, lorsque dans les picoteries qu'ils eurent en secret, il eut l'imprudence de lui reprocher qu'elle se livroit à Childéric avec la même facilité qu'elle l'avoit épousé, lui qui avoit fait assassiner son premier mari, sa rage parvint au dernier excès : mais elle la renferma dans le fond de son cœur, résolue que ce reproche offensant coûteroit la vie à celui qui se vantoit de l'avoir fait perdre à son époux. Elle se raccommoda avec Maxime pour pouvoir mieux le perdre : il n'étoit plus question de ce qui les avoit brouillés ; tout ce qui regardoit Childéric s'évanouit dans son ame pour y laisser régner le desir de la vengeance dans toute son ardeur. Au contraire, elle le pressa de hâter notre mariage, et de renvoyer incessamment un jeune étourdi qui n'avoit pas mérité l'alarme qu'il en avoit prise. Mais dans ce temps-là on reçut les nouvelles de la mort de Méroué; et son successeur, plus pressé de posséder une couronne qu'une maîtresse qui n'étoit pas de son choix, partit avec précipitation, remettant la conclusion de son hymen avec moi jusqu'après son couronnement.

Ce fut peu de temps après que l'empire romain, sujet à des révolutions fréquentes dans sa décadence, éprouva enfin celle qui causa sa ruine entière.

Eudoxie, livrée sans cesse à sa haine et au desir de se venger, sous prétexte de venger la mort d'un époux, communiqua son dessein à un foible parti qui subsistoit à peine dans l'obscurité, reste indigne des compagnons de débauche ou des ministres des cruautés de Valentinien. En ce temps-là Genséric, successeur d'Attila, si souvent vaincu par le grand Aétius, et enfin chassé des terres de l'empire peu avant la mort du fameux général, ayant rassemblé une armée de Goths et de Vandales, pratiquoit des intelligences dans Rome, et s'y avançoit. Maxime en eut avis ; et, dans le temps qu'il rassembloit ses légions pour s'opposer à ses desseins, il apprit que, s'en étant déja rendu maître, il tournoit ses armes vers Aquilée, et qu'il s'y avançoit à grandes journées. A cette nouvelle, l'arrêt prononcé par le destin contre les restes du plus vaste empire qui fut jamais, mit tout en confusion pour faire succomber les Romains sous un ennemi si méprisable pour eux. La consternation se répandit dans les troupes, l'effroi dans le sénat, et le désordre dans la ville : alors les complices du dessein de l'impératrice prirent leur temps ; plusieurs, ayant mis le feu en divers endroits de la ville, avertirent par ce signal les conjurés. Ils soulevèrent aussitôt la populace contre Maxime, qu'ils accusoient d'avoir livré Rome à la fureur des barbares, par sa lâcheté et sa nonchalance : ce ne fut plus qu'un cri contre lui. Il vint cependant, avec plus d'audace et de fermeté que de prudence, se mêler parmi ces furieux. Il tua de sa main les plus échauffés et les plus téméraires ; mais, loin de réprimer leur fureur, ils lui lancèrent mille traits. Il se retira dans le palais pour n'être pas enveloppé ; mais il fut poursuivi avec tant d'opiniâtreté et d'ardeur, qu'il tomba percé de plusieurs coups aux pieds de l'inhumaine Eudoxie, qui s'étoit avancée plutôt pour assouvir sa haine et satisfaire sa vengeance que pour sauver un mari qui lui tendoit inutilement les bras, victime sans doute immolée par la justice céleste aux mânes du grand Aétius, et non pas à l'expiation du parricide d'un maître ingrat et d'un cruel empereur.

Mais Eudoxie ne goûta pas long-temps le plaisir d'une vengeance barbare. Genséric parut auprès d'Aquilée encore tout émue de son propre désordre. Elle lui ouvrit ses portes; mais détestant l'horrible attentat dont il apprit qu'une femme étoit coupable envers son mari, et frémissant de l'exemple dangereux qu'un peuple soulevé contre son maître donnoit à l'univers, il entra dans la capitale des Romains comme dans une place forcée, la livra à la fureur, à la brutalité, et à l'avarice des soldats : rien n'y fut épargné, excepté le dedans du palais, où le roi des Vandales s'étoit d'abord rendu. Il ne daigna pas voir la cruelle Eudoxie; et peu de jours après on m'emmena avec elle à la suite de Genséric : triste jouet d'une fortune acharnée, s'il le faut dire, contre une famille aussi auguste que peu digne de ses caprices et de ses persécutions !

Dieux ! dans quel état pouvoit être une créature de mon âge au milieu de l'horreur, de la confusion et des cris qui retentissoient de tous côtés ! L'aspect affreux des soldats qui s'approchèrent de moi pour me conduire au char où l'on avoit déja mis Eudoxie, acheva de m'ôter toute connoissance. Heureuse si je n'étois jamais revenue de cet évanouissement !

La belle nymphe parut si saisie à ces mots, que je craignis de la voir dans l'état dont elle venoit de parler. Ce fut inutilement qu'elle voulut continuer son discours ; elle ne fut plus maîtresse d'une foule de soupirs qui l'interrompoient ; et, cédant à sa douleur, après m'avoir fait connoître le trouble où elle étoit par un regard tout languissant, elle porta la main à un cordon d'or et de soie qui étoit auprès d'elle. J'entendis, dès qu'elle l'eut tiré, un son plus harmonieux que si on eût touché avec la dernière délicatesse des tuorbes et des clavecins, pendant qu'une vapeur parfumée, s'élevant tout-à-coup dans le lieu où nous étions, m'en déroba les objets. Elle se dissipa enfin peu à peu, et ne laissa qu'une odeur inconnue qui me

parut plus agréable que tout ce que j'avois jamais
senti ; mais pendant cette espèce de brouillard la
déesse avoit disparu ; le canapé même où elle s'é-
toit couchée ne paroissoit plus. Ah! c'en est fait,
dis-je alors ; et, puisqu'on commence à démeu-
bler, bientôt ce palais, avec tous ses ornements
enchantés, s'évanouira, et je me trouverai seul
au milieu de la prairie, ou sous quelque buisson,
incertain si j'aurai rêvé ou véritablement vu tout
ceci.

Mais je n'eus pas le temps de m'arrêter sur ces
réflexions ; une figure toute charmante parut à
mes yeux au bruit d'un concert de hautbois et
de violons, qui jouoient quelque chose d'aussi
ravissant que les plus belles chaconnes de Lulli.
Celle qui venoit d'entrer, et qui par ses airs
sembloit se préparer à danser, étoit masquée ;
son habillement étoit peu différent de ceux de
l'opéra, hors que sa jupe étoit plus courte par
devant, et que toutes les pierreries en étoient
plus belles et plus brillantes. Dès qu'elle leva les
bras, et qu'elle s'ébranla pour faire le premier
pas, un certain frissonnement d'admiration me
saisit : tant je trouvai de graces dans ce seul mouvement ! Dieux ! dis-je, si le visage qu'elle nous

cache étoit digne de cette taille, qu'il y auroit de
danger pour ceux qui le verroient! Tout le temps
qu'elle dansa je fus si transporté, qu'elle auroit
été contente de l'approbation que je lui donnois,
si elle eût remarqué tous les changements de mon
visage, et toutes les fois que je levois les yeux au
ciel. Ses pieds tournés à charmer, la justesse de
leurs pas et de son oreille, sa grace et sa légèreté,
tout cela me parut si extraordinaire, que la crainte
de le voir finir troubla le plaisir du plus charmant
spectacle qui fut jamais. O Hérode! m'écriai-je,
quand elle eut fait sa révérence, si la fille de ta
maîtresse eût dansé de cet air devant toi, toutes
les têtes de ta cour étoient à son service; et, honteux de la borner à la moitié de ton royaume dans
le don que tu lui promis, elle eût été souveraine
de ton cœur et de tes états! La danseuse n'entendit pas mon compliment; et je ne sais comment
elle disparut pour faire place à une nouvelle décoration.

Trois dames entrèrent avec ce qu'il faut pour
prendre le thé ou du café. Celles qui portoient
la table la placèrent devant moi, et se rangèrent
de chaque côté; et la troisième, ayant posé l'équipage dessus, me fit une profonde révérence à sa

manière : car, au lieu de plier les genoux et de
s'abaisser, elle pencha la tête en arrière; et,
tenant les bras étendus, elle s'inclina un peu à
la renverse. Cette cérémonie me parut assez sauvage, et je crus d'abord qu'elle tomboit en dé-
faillance; mais, s'étant redressée dans le moment,
elle se tint devant moi, les mains croisées l'une
sur l'autre. Elle avoit les cheveux fort noirs; ses
yeux étoient brillants, son teint vif et rembruni;
et de tout cela il se formoit un certain air spirituel
et animé, qui fait souvent autant de chemin que
les beautés les plus achevées. Celle qui étoit à ma
droite avoit les cheveux du plus beau couleur de
feu du monde; ses yeux étoient noirs, ses sour-
cils bruns, et jamais rousse n'eut les couleurs si
éblouissantes; sa gorge et ses bras étoient de la
même blancheur; et ses regards étoient si éveillés, que je les trouvai plein d'enjouement et de
vivacité quand je tournai les yeux sur elle; et je
la vis sourire comme si elle m'eût connu toute sa
vie. L'autre étoit blonde, bien prise dans sa taille,
quoiqu'elle eut assez d'embonpoint; son geste
étoit naturel et gracieux; de grands yeux bleus
chargés d'une douce langueur, un air tendre,
mais un peu sérieux, et sa tête qu'elle penchoit

nonchalamment, me firent juger que l'insensibilité n'étoit pas son défaut. Leurs parures et leurs
habits étoient à peu près comme ceux qu'on porte
aujourd'hui, si ce n'est que leurs coiffures me
parurent encore plus élevées, et qu'au lieu de
rubans elles avoient de grandes aigrettes placées
en différents endroits, qui, à chaque mouvement
de tête, faisoient le plus agréable effet du monde;
leurs corps étoient échancrés en pointe par devant, et découvroient un peu plus la gorge et
les épaules. Après avoir donné quelque attention
à ces trois beautés, je tournai les yeux sur ce qu'on
avoit mis devant moi. C'est là qu'il y auroit eu
un champ fertile pour les faiseurs de descrip-
tions; mais vous dédaignez, s'il m'en souvient,
ces ornements ennuyeux et frivoles dont on
alonge les narrations : c'est pourquoi je ne vous
dirai rien de la magnificence d'un équipage, où
ce qu'il y avoit de moins précieux étoient des
cuillers d'or, enrichies de gros diamants par les
bouts. J'examinai pourtant avec admiration la
table, le cabaret, la jatte et les gobelets : mais
ce fut plutôt par politesse que par curiosité ; je
n'en avois alors que pour les princesses qui me
tenoient compagnie. Je les regardai donc encore

une fois avec plus d'attention que la première, et
je remarquai qu'elles avoient chacune une ser-
viette au bras. Je trouvai dans les regards de la
nymphe aux cheveux roux un accueil aussi gracieux et aussi agaçant que celui dont elle m'avoit
honoré d'abord : l'autre étoit toujours dans sa
tendre langueur ; et celle qui étoit devant moi me
demanda si j'avois agréable qu'on servît du thé.
Ce fut alors que je m'aperçus de mon incivilité ;
et, me levant avec précipitation, je fis signe,
après une profonde révérence, que je la remer-
ciois. Parlez, monsieur, dit-elle, parlez sans vous
contraindre ; vous pouvez, en l'absence de la divinité qui préside ici, rompre un silence qu'elle
ne vous imposoit qu'à regret, et nous n'avons pas
comme elle le don de lire dans les pensées; il faut,
s'il vous plait, expliquer les vôtres. J'avoue que je
fus ravi de cette permission ; car, quoique je ne
sois pas grand parleur, jamais rien ne m'avoit tant
coûté que de me taire, depuis qu'on me l'avoit
ordonné. M'adressant donc à la petite brune qui
venoit de parler :

Non, mademoiselle, lui dis-je, je n'abuserai
**point des honneurs que vous voulez me faire, en
les recevant ; mais je vous conjure de me dire,**

premièrement, si je suis bien éveillé ; en second
lieu, si, me prenant pour un nouveau don Qui-
chotte, on croit que je sois d'humeur à me laisser
servir par des demoiselles de votre air ; et enfin,
ce qu'est devenue la divine personne qui m'a conduit en ces lieux, et celle qui m'a fait l'honneur
de danser devant moi. Il y auroit, répondit-elle,
un moyen assuré de vous prouver que tout ceci
n'est pas un songe ; il ne faudroit que vous couper
le petit doigt, ou vous ôter un œil, qu'on vous
remettroit dans deux ou trois jours : mais je ne
crois pas, continua-t-elle en souriant, que vous
vous obstiniez à douter de ce que vous voyez jusqu'à exiger de ces preuves. Pour la nymphe, elle
est à présent à Poissi ; et, connoissant que les choses
qu'elle avoit à vous dire renouvelleroient encore
plus sensiblement sa douleur que celles qu'elle
vous a déja apprises, elle m'a ordonné d'achever
un discours que ses pleurs avoient si souvent interrompu. Ainsi, si vous aimez mieux m'écouter
dès à présent que de prendre le rafraichissement
qu'elle vous envoie, mes compagnes me laisseront
avec vous pour obéir à ses ordres. A ces mots,
**les deux dames qui avoient apporté la table l'en-
levèrent et ce qui étoit dessus, et sortirent, tan-**

dis que la belle brune prit un siége auprès de moi ; et, sans rêver un seul moment aux choses qu'elle avoit à dire, elle continua ainsi l'histoire de Zénéyde.

FIN DE ZÉNÉYDE.

L'ENCHANTEUR

FAUSTUS,

CONTE.

———◦◦◦———

BELLE Daphné, je me repens ~~~~~~
De la petite confidence
Que je vous fis vers le printemps,
En parlant des amusements
Que le loisir et l'indolence,
Ou plutôt que votre présence
M'inspiroit dans ces lieux charmants
Où les Graces et les *Sorans*
Ont établi leur résidence.
Je sais de quelle indifférence
Le ciel vous fit pour tout encens,
S'il s'adresse à vos agréments ;

Car j'en ai quelque expérience.
Il est même certains moments
Où malheur à qui vous encense,
Et dans ses discours ou ses chants
Vous va donnant la préférence
Sur les beautés de notre temps.
Pourquoi donc, avec ce mérite,
Si rare chez d'autres beautés,
Voulez-vous tant que je m'acquitte ?
Pourquoi faut-il qu'on vous irrite
En vous disant vos vérités ?

Cela veut dire en peu de mots, mademoiselle, qu'il y a je ne sais combien que vous me persécutez pour un misérable écrit, indigne de vous et de moi. Vous le voulez voir, quoique je vous aie dit que j'ai tâché d'y mettre quelque chose qui vous ressemble ; et cependant vous ne voulez pas que ce qu'on fait pour vous ait de votre air ; tant vous avez peur que ce ne soit vous flatter que d'attraper votre ressemblance ! Il n'y a pas de peintre que cela n'embarrasse ; mais, pour dépayser votre délicatesse sur les louanges, il faut vous conter une historiette où vous serez mise tout au long sans pouvoir y trouver à redire.

La reine Élisabeth, dont fut autrefois grand-amiral en Irlande un grand grand-père ou trisaïeul de madame votre mère, étoit une merveilleuse princesse pour la sagesse, le savoir, la magnificence et la grandeur d'ame : tout cela étoit beau ; mais elle étoit envieuse comme un chien, jalouse et cruelle ; et cela gâtoit tout :

> Je n'entends pas, en parlant d'elle,
> Parler de cette cruauté
> Dont une farouche beauté
> Martyrise un amant fidèle ;
> Car, entre nous, de ce côté
> La reine n'étoit point cruelle ;
> Et dans l'histoire on a douté
> Si sa pudique majesté,
> Qui fut au dieu d'hymen rebelle,
> L'avoit été par chasteté,
> Ou par une incommodité
> D'espèce bizarre et nouvelle ;
> Mais, en fait de virginité,
> Ce fut une étrange pucelle.

Quoi qu'il en soit, la renommée, qui dit le bien et le mal, avoit porté son caractère jusqu'au fond

des Allemagnes, d'où certain personnage partit
en poste pour se rendre à sa cour. Il s'appeloit
Fauste ; peut-être le nommerons-nous quelquefois
Faustus, pour la commodité de la rime, en cas
que la fantaisie nous prenne de le mettre en vers.
Ce Fauste donc, grand magicien de profession,
eut envie de s'informer par lui-même si cette
Élisabeth, dont on parloit tant, étoit aussi merveilleuse en belles qualités, qu'elle étoit endiablée
sur les autres. Il en pouvoit être juge compétent ;
tout ce qui se passoit là-haut au pays des étoiles
et des planètes lui étoit connu, et Satan lui obéis-
soit comme son chien. Il savoit tout plein de petits
secrets pour rire, et un million de tours de passe-
passe, qui ne faisoient ni bien ni mal : comme,
par exemple, quand il vouloit, une duchesse
couroit les champs après son cocher ; et un archevêque passoit les jours à faire des vers pour
sa servante de cuisine, et les nuits à lui donner
des sérénades : c'étoit lui qui le premier, en Angleterre, avoit enseigné à mettre, dans certains
jours de l'année, du romarin, du pissenlit, des
os de bécasse, et autres curiosités de cette nature
**sous les chevets des jeunes pucelles, pour leur
faire voir, la nuit en songe, celui par qui elles**

ne le seroient plus. La reine, charmée des gentillesses qu'on en disoit, voulut le voir; et, dès qu'elle le connut, elle devint presque folle de son savoir et de ses manières. Elle croyoit bien avoir elle-même tout l'esprit du monde, et n'avoit pas tort : elle se flattoit aussi d'être la plus belle personne de son royaume; mais il n'en étoit rien.

Un jour qu'elle s'étoit extraordinairement parée pour une audience d'ambassadeurs, elle se retira dans son cabinet après la cérémonie, et elle y fit venir notre docteur. Après s'être admirée quelque temps dans deux ou trois grands miroirs, elle parut fort contente d'elle-même :

Elle avoit cet air qu'au matin
Du soleil a l'avant-courrière :
Rien n'étoit si frais que son **teint**;
C'étoit tout lis et tout jasmin
Mêlés de rose printanière ;
Car, dès qu'on a force or **en main**,
Les plus beaux teints ne man**quent guère**.
Court étoit son vertugadin,
Et montroit depuis l'escarpin
Sa jambe presque tout entière :

Et, s'étant assise à la fin,
Le dos penché contre sa chaise,
Comme qui diroit sans dessein,
Ce penchement montroit son sein,
Ayant fait regrimper sa fraise;
Tandis que sur sa blanche main
Rubis et diamants sans fin
Alloient brillant tout à leur aise.

Ce fut dans cet état que l'enchanteur Faustus la trouva : c'étoit bien le courtisan le plus adroit, pour un sorcier, qu'on pût voir au monde; et, connoissant le foible de la reine sur sa beauté imaginaire, il n'eut garde de manquer une si belle occasion de lui faire sa cour. Ainsi, choisissant le rôle d'Esther interdite, il fit trois pas en arrière comme pour tomber en foiblesse. La reine lui ayant demandé s'il se trouvoit mal, il dit que non, Dieu merci; mais que la gloire d'Assuérus l'avoit ébloui. Elle, qui savoit l'Ancien et le Nouveau Testament par cœur, trouva l'application juste et ingénieuse; mais, n'ayant pas alors son sceptre sur elle pour lui en faire baiser le bout en signe de grace, elle se contenta de tirer un rubis de ses doigts d'ivoire, dont il se contenta aussi.

Vous nous trouvez donc assez passable pour une reine, lui dit-elle, en repassant ses lèvres du bout de la langue, comme sans y songer. A cela il se donna au diable (le présent n'étoit pas nouveau) : il se donna donc au diable, que non-seulement il n'y avoit ni souveraine ni particulière qui l'égalàt, mais même qu'il n'y en avoit jamais eu. O Fauste, mon ami, lui dit-elle, si ces fameuses beautés des siècles passés pouvoient revenir, il seroit aisé de voir que vous nous flattez. Votre majesté les veut-elle voir? dit-il; elle n'a qu'à dire; elle en aura bientôt le cœur net. Notre homme ne manqua pas d'être pris au mot, soit qu'elle eût envie de l'éprouver dans un effet si merveilleux de science magique, ou qu'elle voulût satisfaire une curiosité qu'elle avoit eue depuis assez long-temps.

Au reste, mademoiselle, n'allez pas vous imaginer que ce que je vais dire soit une fable de ma façon. L'évènement est tiré des Mémoires d'un des beaux esprits de ce temps-là: c'étoit le chevalier Sydney, espèce de favori de la reine, qui parmi quelques faits particuliers de sa vie a mis cette aventure tout au long; et c'est du feu duc d'Ormond, votre grand-oncle, qui m'en a souvent fait le récit, que je tiens ce passage d'histoire.

Elle dit donc que notre magicien pria la reine de vouloir bien passer dans une petite galerie qui étoit près de son appartement, tandis qu'il iroit chercher son livre, sa baguette, et sa grande robe noire. Il ne fut pas long-temps à revenir avec son équipage et ses talismans. Il y avoit une porte à chaque bout de la galerie, par une desquelles les personnages que sa majesté souhaiteroit entreroient, et sortiroient par l'autre. Il n'y eut que deux personnes, sans plus, d'admises avec la reine au spectacle : l'une desquelles fut le comte d'Essex, et l'autre le Sydney, auteur de nos Mémoires.

La reine étoit placée devers le milieu de la galerie, ses deux favoris à droite et à gauche auprès de son fauteuil, autour desquels aussi-bien que de leur maîtresse l'enchanteur ne manqua pas de tracer des cercles mystérieux avec toutes les façons et cérémonies en pareil cas usitées : il en traça un autre vis-à-vis, où il se mit lui-même, laissant un espace au milieu pour le passage des acteurs. Cela fait, il supplia la reine de ne pas dire un mot tant qu'ils seroient sur la

scène, et sur-tout de ne se point effrayer, quelque
chose qu'elle pût voir. Cette dernière précaution
étoit assez inutile à son égard ; car la bonne dame
ne craignoit ni Dieu, ni diable. Après ce mot
d'avis, il lui demanda laquelle des beautés tré-
passées elle souhaitoit de voir la première. Elle
dit que, pour suivre l'ordre des temps, il falloit
commencer par la belle Hélène. Sur quoi le né-
gromancien, dont le visage parut un peu changé,
leur dit : Tenez-vous bien. Le chevalier Sydney,
dans son récit, avoue que, sur le point de cette
opération magique, le cœur lui battit un peu ;
que le brave comte d'Essex en devint pâle comme
un mort ; mais qu'il ne parut pas la moindre
petite émotion à la reine. Ce fut **alors**

> Qu'en suite de quelque *oremus*,
> Et de quelque autre momerie
> Que font gens de la confrérie,
> Dans les vieux contes rebattus
> D'esprits et de sorcellerie,
> Le révérend docteur Faustus,
> Voyant trembler la galerie
> Et nos deux héros éperdus,
> Dit, criant comme une furie :

Paroissez, fille de Léda,
Et d'une prompte obéissance
Offrez-vous à notre présence
Telle que vous étiez quand, sur le mont Ida,
Vénus au beau Pàris jadis vous accorda,
En faveur de la préférence,
Dont vous fûtes la récompense
Dans le procès qu'il décida.

Après cette invocation, la belle Hélène n'eut
garde de se faire attendre; elle parut au bout de
la galerie sans qu'on se fût aperçu comme elle y
étoit entrée. Elle étoit habillée à la grecque; et,
suivant les Mémoires de notre auteur, son habillement ne différoit en rien de celui de nos
déesses d'opéra. Sa coiffure étoit composée de
quantité de plumes flottantes sur sa tête, et sur-
montées d'une belle aigrette; des boucles de
cheveux noirs lui descendoient jusqu'à la ceinture
par-devant, et jusqu'au croupion par-derrière;
ses engageantes lui battoient agréablement les
genoux en marchant; et la queue, qu'elle trai-
noit à la lacédémonienne, avoit pour le moins
quatre aunes d'un riche brocard de Corinthe.
Cette figure s'arrêta quelque temps devant la

compagnie ; et, s'étant tournée face à face devers la reine pour en être mieux observée, elle
en prit congé avec un certain sourire, entre doux
et hagard, et sortit par l'autre porte.

Dès qu'elle disparut : Quoi ! dit la reine, c'est
là cette belle Hélène ? Je ne me pique pas de
beauté, poursuivit-elle ; mais je veux bien mourir si je changeois de figure avec elle, quand
même cela se pourroit. Je le disois bien à votre
majesté, répondit l'enchanteur ; et cependant
voilà justement comme elle étoit dans sa plus
grande beauté. Je trouve pourtant, dit le comte
d'Essex, qu'elle ne laisse pas d'avoir les yeux
assez beaux. Oui, dit Sydney, ils sont grands,
noblement fendus, noirs et brillants ; mais, après
tout, ses regards disent-ils quelque chose ? Pas
un mot, répondit le favori. La reine, qui, ce
jour-là, s'étoit fait le visage rouge comme un
coq, demanda, en parlant du visage d'Hélène,
comment on trouvoit son teint de porcelaine. De
porcelaine ! s'écria le comte ; c'est tout au plus
de la faïence. Peut-être, poursuivit-elle, qu'ils
étoient à la mode de son temps ; mais vous avouerez que, dans aucun siècle, il n'a **été permis** d'a-
voir les pieds tournés comme elle.

Je ne hais pas son habit, poursuivit la reine,
et je ne sais si je ne le mettrai point à la mode,
au lieu de ces impertinents vertugadins dont les
femmes ne savent que faire en quelques occasions, et où l'on ne sait que faire des femmes en
quelques autres. Pour l'habit, passe, dit le comte
d'Essex; mais, ma foi, ce n'est pas grand'chose
que la figure que nous venons de voir. Le chevalier Sydney, topant à la remarque, s'écria:

O Pâris! quel amour fatal
Te fit dans Ilion renfermer une proie
Dont nous venons de voir le piètre original!
Si cet exploit d'abord te donna quelque joie,
　　Sa présence y fit plus de mal
　　Que ce grand diable de cheval
　　Qui fit périr l'antique Troie.

Cette bénigne critique sur la figure et les pré-
tendus défauts d'Hélène étant finie, la reine eut
envie de voir cette belle et infortunée Marianne,
dont l'histoire fait une si belle mention. L'enchanteur ne se le fit pas dire deux fois; mais il
ne jugea pas à propos d'évoquer une princesse
qui avoit connu le vrai Dieu, de la même ma-

nière qu'il avoit appelé la beauté païenne. C'est
pourquoi, s'étant tourné quatre fois vers l'orient,
trois au midi, deux au couchant, et une seule
du côté du septentrion, il dit en hébreu, mais
d'une manière fort honnête : Mariamne, fille
d'Hircan, montrez-vous, s'il vous plait, vêtue
comme vous aviez coutume de l'être pendant la
fête des Tabernacles. A peine eut-il fini, que l'é-
pouse d'Hérode parut, et s'avança gravement
jusqu'au milieu de la galerie, où elle s'arrêta
comme avoit fait la première. Quant à son habit
et à son ajustement, ils sembloient répandre sur
toute sa personne un air de noblesse et de dignité qui la rendoit respectable. Elle étoit mise
à peu près comme on représente le grand sacrificateur des Juifs, excepté qu'il ne lui paroissoit
point de barbe, et qu'au lieu de cette tiare en
croissant que portoient les grands-prêtres, un
voile de gaze, qui prenoit depuis la tête et qui
étoit rattaché vers la ceinture, traînoit bien loin
derrière elle. Après s'être long-temps arrêtée devant la compagnie, elle poursuivit son chemin,
mais sans faire la moindre honnêteté à la fière
Élisabeth. Est-il possible, dit cette reine, dès
qu'on ne la vit plus, que cette célèbre Mariamne

fût faite comme cela ? Quoi ! c'étoit une grande
idole, pâle, maigre et sérieuse ; et depuis tant de
siècles elle a passé pour une merveille ! Ma foi,
dit le comte d'Essex, si j'avois été à la place
d'Hérode, je ne me serois jamais brouillé avec
un chat sauvage comme cela, sur le refus de ses
caresses. Je lui ai pourtant trouvé, dit Sydney,
une certaine langueur touchante dans les regards,
un grand air et quelque chose de noble et de naturel dans toute l'action. Fi ! répondit l'autre ; la
grandeur de son air est impertinente ; la grace
qu'elle a dans ces manières aisées que vous admi-
rez est pleine de présomption, et je lui trouve
de l'insolence jusque dans la taille. La reine,
ayant approuvé tout cela, condamna principalement la pauvre princesse sur le mépris et l'aversion qu'elle avoit eus pour la personne de son
mari, et sur la résistance continuelle qu'elle avoit
faite à ses plus tendres empressements ; qu'elle
avoit beau dire que c'étoit parcequ'il avoit égorgé
toute sa famille, ce n'étoit pas une raison pour
lui refuser les droits de l'hymen, quand il les auroit exigés vingt fois par jour ; et conclut que,
**pour cette rebellion, Hérode avoit bien fait de
lui couper la tête.**

Le docteur Fauste, pour paroître savant en tout, assura que ce n'étoit point pour cette raison qu'Hérode s'étoit défait de la chaste Mariamne; que tous les historiens s'y étoient mépris: mais qu'une certaine Salomé, sœur du roi, et maudite de Dieu, avoit rapporté à son frère qu'étant à un sacrifice auprès de la reine, elle l'avoit entendue, de ses propres oreilles, qui prioit bien dévotement le Dieu d'Abraham, d'Isaac et de Jacob, de la délivrer de son vieux cocu de mari. Si ce trait anecdote ne fut pas cru, au moins parut-il nouveau. Un moment après la reine ordonna qu'on fit venir Cléopâtre, du même air qu'elle auroit pu demander une de ses femmes de chambre.

Pas n'y manqua le savant Fauste;
Et, pour n'être point ennuyeux,
Il fit partir devant ses yeux
Un petit diablotin en poste,
Pour la transporter dans ces lieux.

Peut-être serez-vous bien aise d'apprendre la manière dont ce courrier fut dépêché? La voici. Il ne fit que prendre un grand bonnet fourré

qu'il portoit, et en trois coups de baguette l'ayant
métamorphosé en haquenée blanche, la plus jolie du monde, il lui mit un bout de sa baguette
dans le derrière; et, après avoir soufflé dans
l'autre, la haquenée partit comme un éclair, et
en sept minutes revint avec l'illustre Cléopâtre,
qui mit pied à terre au bout de la galerie. La
reine comptoit bien que cette apparition dédom-
mageroit sa curiosité du peu de satisfaction que
les charmes tant vantés des autres lui avoient
donné. Nous allons voir ce qui en arriva.

La reine d'Égypte avoit fait de grands apprêts,
ayant appris par sa monture le sujet de son
voyage, et le peu de cas qu'on avoit fait de la
belle Hélène et de l'infortunée Mariamne. Dès
qu'elle parut, la galerie fut embaumée des par-
fums les plus précieux de l'Arabie Heureuse; car
elle s'en étoit mis par-tout, tant à cause qu'il y
avoit du temps qu'elle étoit morte, que pour
laisser au moins sa mémoire en bonne odeur, en
cas qu'on ne fût pas content de sa figure après
son départ. Elle avoit la gorge fort découverte;
une attache de rubis et de gros diamants re-
troussoit ses jupes beaucoup au-dessus du genou
gauche. Ce qui n'étoit pas découvert de sa per-

sonne paroissoit très distinctement au travers d'une gaze transparente qui composoit son habillement. Dans cet équipage galant et léger, elle fit au milieu de la galerie le même manége qu'avoient fait avant elle les deux autres.

Dès qu'elle eut le dos tourné, on ne manqua pas de tomber sur sa personne et sur sa friperie. La reine crioit comme une possédée qu'on lui brûlât du papier sous le nez, à cause des vapeurs que l'onguent dont cette momie s'étoit frottée lui avoit causées. Elle la trouva moins supportable que la femme d'Hérode et que la fille de Léda : elle se moqua fort de ce qu'elle s'étoit troussée en Diane pour montrer la plus vilaine jambe du monde ; et dit qu'elle auroit mieux fait de paroître en robe fourrée que dans ce petit habillement d'été, qui exposoit à la vue des trésors qui n'étoient faits que pour être éternellement cachés. En effet, dit le comte d'Essex, voilà un corps plaisamment bâti pour aller aussi débraillée qu'elle fait ! Il est vrai qu'elle a la peau assez blanche pour une Égyptienne ; mais c'est l'apanage de toutes les rousses, dont elle a sans doute été l'archidoyenne en son temps. Le chevalier Sydney, qui, outre ces défauts, trouvoit qu'elle

avoit trop de ventre et trop peu de derrière,
s'écria :

> Fauste, par cette vision
> Combien de choses à rabattre
> Dans la riante fiction
> Que l'histoire nous fait, à sa confusion,
> De la fameuse Cléopâtre !
> Ah ! dans le combat d'Actium,
> Antoine, pour elle poltron,
> Devoit cent fois plutôt se battre,
> Ou se faire tenir à quatre,
> Que de suivre cette guenon.

Guenon, tant qu'il vous plaira ! dit le docteur :
voilà pourtant celle qui mit dans ses fers le héros qui s'étoit rendu maître du monde ; et c'est
cette même guenon qui tourna la tête à cet autre
héros que vous venez de dire. Mais, madame,
dit-il à la reine, puisque ces fameuses étrangères
ne sont pas de vôtre goût, n'en cherchons plus
hors de vos états ; l'Angleterre, qui a toujours
été en possession de produire des beautés par-
faites, comme nous le voyons par votre majesté,
**nous fournira peut-être un objet plus digne de
votre attention dans l'apparition de la belle et**

malheureuse Rosemonde. Votre grandeur, qui
sait tout, n'en ignore apparemment pas l'histoire.
J'en ai quelque idée, dit-elle ; mais, comme mes
grandes occupations l'ont presque effacée de ma
mémoire, je ne serai pas fâchée qu'on l'y retrace
par une petite répétition de ses aventures.

Il n'y a pas encore trois jours, dit le chevalier
Sydney, que je lisois cet endroit de la vie de
Henri II, un de vos plus illustres prédécesseurs.
Ce grand roi avoit le cœur du monde le plus
tendre, mais rien moins que scrupuleux sur l'inconstance ; cependant il y avoit quelques années
qu'une certaine Jeanne Shoar en étoit en paisible possession : elle avoit de la beauté ; mais il
s'en falloit bien qu'elle en eût assez pour fixer
une légèreté comme la sienne, si le diable ne
s'en étoit mêlé ; car, en ces temps-là, tout le
monde tenoit pour constant que c'étoit par sor-
tilége et pure magie qu'elle s'étoit fait aimer, et
qu'elle conservoit sa conquête. C'est à Faustus à
nous dire ce qu'il en pense, lui qui est versé
dans ces innocentes petites rubriques. Quoi qu'il
en soit, voici comme l'enchantement de dame
Jeanne se rompit, si tant est qu'il y en ait eu à
son fait.

19.

Le roi, s'étant un jour égaré à la chasse dans
une vaste forêt, fit tant en tournoyant et re-
tournoyant de côté et d'autre, qu'il se trouva au
bord d'un ruisseau dont l'eau étoit belle et claire;
il en suivit quelque temps le cours, et cela le
mena dans un endroit où le ruisseau, s'élargis-
sant, faisoit une espèce de bassin, bordé d'un
gazon vert et frais, ombragé de grands arbres
extrêmement touffus. Or, comme ces sortes d'endroits sont d'ordinaire les scènes de quelque
aventure, celle qui lui arriva fut de trouver d'a-
bord des habits de femme au pied d'un de ces
arbres; ce qui l'obligea de mettre pied à terre
avec quelque émotion; et, s'étant avancé trois
ou quatre pas, il vit les personnes à qui ces habits appartenoient: c'étoient deux nymphes qui
étoient jusqu'au cou dans cette fontaine, et qui
poussèrent en même temps deux cris des plus
aigus, voyant un homme de cette apparence qui
venoit droit à elles. Le visage de la plus jeune
le frappa d'un si grand étonnement, qu'il en demeura quelque temps immobile, et parut tout
éperdu; il ne prit pas garde à l'autre, quoiqu'elle
**fût sortie de l'eau comme une étourdie, pour
courir à ses habits. Sa compagne, qui avoit bien**

autant de peur, et qui n'avoit pas été moins surprise qu'elle, ne jugea pas à propos de l'imiter. Elle étoit fort embarrassée; mais, voyant que le roi ne l'étoit pas moins, elle se rassura un peu, et lui dit que, comme tout ce qui paroissoit en sa personne lui faisoit juger qu'il avoit été armé chevalier, elle le supplioit de lui accorder un don : c'étoit la grande manière en ces temps-là. Ainsi le roi, qui lui avoit déja donné sa personne, sa liberté, son cœur et son ame, jura qu'il ne lui refuseroit rien de ce qu'elle lui feroit l'honneur de lui demander, quand ce seroit la moitié de son royaume. A ce mot, la belle tressaillit, et pensa se lever pour lui faire la révérence; mais, supprimant ce premier mouvement que le respect et le devoir lui avoient inspiré, la grace qu'elle lui demanda fut d'avoir la bonté de se retirer jusqu'à ce qu'elle fût sortie de l'eau, et qu'elle eût repris ses habits. Il obéit comme un enfant, quoique dans ces sortes d'occasions il fût d'ordinaire aventureux; mais le pauvre prince l'aimoit déja à la fureur. Il n'en faut pas davantage pour que l'homme du monde le plus délibéré devienne plus soumis et plus timide qu'une pucelle auprès de l'objet aimé. Il se retira donc;

mais ce ne fut pas avec intention de tenir tout-
à-fait sa parole. Dès qu'il se vit couvert de quelques buissons, il donna un coup de fouet à son
cheval, qui se mit à galoper par le bois; et sa
majesté se mit à quatre pattes; et, s'étant traînée
vers l'endroit d'où elle venoit, elle écartoit doucement les branches qui lui fermoient la vue de
la fontaine, justement comme la belle inconnue
en sortoit sans aucune précaution, et sans se
douter de cette supercherie de la part d'un chevalier errant, qui de plus étoit roi. Dieu sait si
le prince, qui étoit devenu éperdument amoureux à ne lui voir, pour ainsi dire, que le bout
du nez, trouva de quoi achever de s'enflammer
dans la contemplation de tout le reste. L'histoire
dit que, quoiqu'il fût à quatre pattes, il y auroit
bien resté trois jours sans boire ni manger; tant
les objets lui plaisoient ! Mais on ne lui en donna
pas le temps : la nymphe fut s'habiller; et son
nouvel adorateur, après un petit détour, se présenta devant elle. La première chose qu'il fit, ce
fut de se jeter à ses pieds pour lui jurer qu'il l'a-
doroit, sans s'informer qui elle étoit. La surprise,
le respect, l'émotion et la rougeur, qui s'étoient
emparés tout à-la-fois de la charmante étrangère,

auroient sans doute désorienté les appas de toute
autre; mais les siens n'en firent que croître et
embellir; si bien que le pauvre roi... Chevalier,
dit la reine, abrégeons, s'il vous plaît. Tant qu'il
vous plaira, madame, reprit-il. On entendit un
grand bruit de chevaux : c'étoient les gens de la
suite du roi, qui, l'ayant cherché pendant une
grosse demi-heure, lui ramenoient son cheval par
la bride. Il remonta dessus, après avoir appris que
sa nouvelle divinité s'appeloit Rosemonde, fille
d'un baron dont le château n'étoit qu'à cinquante
pas de cette forêt. Il revint tout rêveur, et tout
refroidi pour sa maîtresse Jeanne. Elle s'en aperçut bientôt; il ne s'en mit guère en peine; il
alloit plus souvent à la chasse, et en revenoit
toujours plus refroidi pour elle. Cela fit naître les
soupçons; et les soupçons mirent force espions
en campagne; un desquels informa qu'on avoit
trouvé le roi à deux genoux devant une jeune
personne belle comme un ange, le jour qu'il s'é-
toit égaré; et que toutes les chasses qu'il avoit
faites depuis n'avoient été qu'à son intention.
A cette découverte la dame Jeanne, qui, sauf
le respect de votre majesté, étoit la plus méchante carogne de l'univers, jeta feu et flammes,

gourmanda le roi comme elle auroit fait son la-
quais ; et, comme elle avoit un ascendant diabo-
lique sur son esprit, elle l'obligea par ses menaces
et ses vacarmes de consentir, comme un grand
benêt qu'il étoit, qu'on enlevât la pauvre Rosemonde, et qu'on l'enfermât dans un vieux château au milieu d'un désert, qui s'appelle encore
de nos jours la prison de Rosemonde. Ce fut
dans cette prison qu'au bout de quelques années
la détestable Shoar fit étrangler sa rivale, pendant un voyage que le roi fut obligé de faire en
France.

Voilà, dit la reine, une fin bien déplorable ! Ce
qu'il y eut de plus triste, dit l'enchanteur, c'est
qu'elle fut enlevée, et qu'elle mourut sans que ce
roi si passionné eût jamais mis d'autre fin à une
aventure qui avoit eu de si tendres commence-
ments. La bonne Élisabeth, après un certain
branlement de tête et un petit sourire d'incrédulité, témoigna beaucoup d'impatience de voir
celle dont on venoit d'abréger l'histoire. Il y a,
dit Faustus, un instinct secret dans cet empressement, puisque, suivant la tradition et quelques
mémoires de ces vieux temps, la belle Rosemonde
avoit beaucoup de votre air, et ressembloit passa-

blement à votre majesté, quoique ce fût en laid,
comme on peut croire. Voyons-la, dit la reine.
Mais, dès qu'elle paroîtra, chevalier Sydney, je
vous ordonne de l'observer avec la dernière exac-
titude, afin que, si nous trouvons qu'elle en vaille
la peine, vous en puissiez faire une description
ressemblante. Cet ordre donné, et quelques petites conjurations finies, comme l'endroit où la
belle étoit enterrée n'étoit qu'à trente lieues de
Londres, elle parut au bout d'un moment. Dès
la porte de la galerie son air et sa figure plurent
extrêmement. A mesure qu'elle avançoit, ses attraits sembloient briller d'une nouvelle lumière ;
et, sitôt qu'elle fut à portée d'être mieux examinée, l'approbation de la compagnie parut à certains airs de plaisir et d'admiration que chacun
témoignoit en la regardant ; et chacun sembloit
approuver en soi-même le goût de Henri II pour
elle, en détestant la foiblesse dont il l'avoit immolée. Le docteur ne lui avoit point donné d'autre
habit que celui qu'elle avoit repris en sortant du
bain ; ce n'étoient que des cornettes unies, ratta-
chées au haut de sa tête, une robe de chambre de
taffetas, un jupon de toile jaune assez court, et
légèrement brodé de soie. C'étoit pourtant dans

cet extrême négligé qu'elle effaçoit l'éclat du jour
au gré des spectateurs. Elle s'arrêta beaucoup
plus long-temps devant eux que n'avoient fait les
autres ; et, comme si elle avoit su les ordres qu'on
avoit donnés au chevalier, elle se tourna deux ou
trois fois vers lui en le regardant assez agréablement. On eût dit qu'à chacun de ses regards le cœur
lui fondoit dans l'estomac ; tant il en avoit la mine
niaise et déconfite ! Il fallut enfin qu'elle prit congé
de la compagnie ; et dès qu'elle fut sortie : Mon
Dieu ! s'écria la reine, la jolie créature ! non, je
n'ai rien vu de ma vie qui plaise tant. Quelle
taille ! quelle noblesse d'air sans affectation ! et
quel éclat sans artifice ! et l'on me viendra dire
que je lui ressemble ! Qu'en dites-vous, comte ?
poursuivit - elle. Il étoit alors si pensif, qu'il ne
lui répondit rien tout haut ; mais il disoit à part
soi : Plût à Dieu ! Babet, ma reine et ma maîtresse ;
j'en donnerois le meilleur cheval de mon écurie,
quand ce ne seroit qu'en laid que tu lui ressem-
blerois ! Et puis il lui dit tout haut : Si vous lui
ressemblez ! votre majesté n'auroit qu'à faire un
tour de galerie en robe de chambre flottante
et en jupon brodé de soie , et si notre sorcier
lui-même ne s'y méprenoit, tenez-moi pour un
faquin.

Pendant toutes ces fadeurs et quantité de misères de cette nature, dont le favori flattoit la vanité de la bonne dame, le poëte Sydney, un crayon à la main, achevoit de mettre au net le portrait de la belle Rosemonde. Dès qu'il y eut mis la dernière main, il eut ordre d'en faire la lecture ; et voici par où il commença :

> Allons, mes vers, obéissons
> Puisque ma reine me l'ordonne ;
> Et du plus beau de mes crayons
> Traçons et l'air et la personne
> D'un objet dont l'éclat de mille feux **rayonne**,
> Et qui du dieu des vers mérite les **chansons**.
> Loin d'ici, flatteuse imposture,
> De fictions, de faux brillants
> Dont on embellit la peinture
> Quand les objets sont **indigents**!
> Pour mettre à fin mon aventure,
> D'une main et fidèle et sûre
> Peignons l'original sans fard et sans **encens** :
> Il suffira des ornements
> Que fournit l'aimable nature ;
> Il faut, en traçant la beauté
> **De la divine Rosemonde,**

Dans le plus beau portrait du monde
N'employer que la vérité.

Voilà parler en honnête homme, et qui, pour un faiseur de vers et de romans, semble avoir quelque conscience. Voici comme il poursuit dans le détail des charmes qu'il décrit :

De graces et d'attraits un brillant assemblage
    Accompagnoit mille agréments
    Inséparables des beaux ans,
    De la jeunesse heureux partage ;
    Tout plaisoit dans son beau visage,
    De Flore les trésors naissants
    Y paroissoient en étalage,
    Mais purs, naturels, innocents,
    Et tels qu'on les voit au printemps
Quand Zéphire les sèche après un prompt orage.
    Sa bouche couronnoit l'ouvrage ;
    Elle étoit faite pour ses dents.
    Heureux, parmi tous les vivants,
    Qui jouiroit de l'avantage,
    Après mille et mille tourments,
    D'y pouvoir offrir son hommage !
    Ses yeux n'étoient pas des plus grands ;

Mais, ciel ! quel étoit le langage
De leurs traits vifs et séduisants,
Puisque, par leurs regards les plus indifférents,
Jusques au fond du cœur ils s'ouvroient un passage !
Rien n'étoit si beau que son nez,
D'Hébé c'étoit le nez céleste ;
Et ses deux pieds étoient tournés
De manière que pour le reste
De ses attraits, toujours moins vus que devinés,
On n'avoit pas besoin d'un autre manifeste ;
Sa taille avoit de ces appas
Qu'on sent, mais qu'on n'exprime pas :
La noblesse en étoit suprème ;
Dans toute sa figure, et jusque dans ses pas,
C'étoit un certain air digne du diadème ;
Mais c'étoit de ces airs qu'on aime,
Et qu'on aime jusqu'au trépas ;
Bref, à l'examiner du haut jusques en bas,
Belle Daphné, c'étoit vous-même
Qu'on peignoit sur ce canevas.

Du moins en aurois-je juré, tant la description
vous convient, excepté pourtant la gorge qu'on a
oubliée ; et certainement, si l'on prenoit la liberté
de vous copier, ce ne scroit pas un article à sup-

primer. Certaine forme, certain éclat et certaine
situation dont la nature a doué le peu que vous
en laissez voir, offriroient d'assez agréables idées
à mettre en prose ou en vers, sans la moindre
exagération, pour rendre la chose plus touchante.
Je ne suis guère plus content de ce qu'il dit de la
bouche de son original. On diroit que c'est celle
de quelque sibylle; tant il craint d'y toucher! Il
est bien vrai de dire qu'elle est faite pour assortir
les plus belles dents du monde, c'est quelque
chose; mais ce n'étoit pas assez; et, s'il avoit eu
connoissance de la vôtre, il auroit dépeint en
vers aussi gracieux vos lèvres fraiches et vermeilles; il auroit dit qu'autour de ces lèvres,
quand il vous plait de sourire, le ciel a placé
certains agréments qu'il oublie, ou qu'il ne se
donne pas la peine de placer autour des autres.

Revenons à notre galerie. On y délibéroit sur
le choix de l'apparition qui devoit succéder à celle
de Rosemonde. L'enchanteur fut d'avis de ne plus
sortir d'Angleterre pour chercher des beautés de
réputation, et proposa cette célèbre comtesse de
Salisbury, qui avoit donné lieu à l'institution de
**l'ordre de la Jarretière, comme une certaine
beauté flamande avoit été cause de l'invention**

de celui de la Toison d'Or. On trouva la proposition bien imaginée; mais la reine dit qu'avant toutes choses elle vouloit voir encore une fois sa chère Rosemonde. Le docteur s'en défendit fort et ferme, en disant que la chose n'étoit guère praticable dans l'ordre des conjurations, outre que la rétrogradation des fantômes irritoit les puissances soumises à ses premiers enchantements. Mais il eut beau dire, on crut qu'il ne faisoit ces façons que pour se faire valoir; et la reine lui parla d'un ton si sérieux qu'il fut obligé de s'y rendre. Il l'assura pourtant que, si Rosemonde faisoit tant que de revenir, ce ne seroit ni par où elle étoit entrée, ni par où elle étoit sortie la première fois, et que chacun prît garde à soi, car il ne répondoit plus de rien. La reine, comme on a dit, ne savoit ce que c'étoit que la peur, et nos deux messieurs étoient un peu aguerris sur les apparitions; ainsi les paroles du docteur ne leur causèrent pas grande émotion.

Cependant il avoit commencé. Jamais conjuration ne lui avoit donné tant de peine; car, après avoir marmotté quelque temps en faisant des grimaces et des contorsions qui n'étoient ni belles ni honnêtes, il mit son livre à terre au milieu de la galerie, en fit trois fois le tour à cloche-pied ; ensuite de quoi il fit l'arbre fourchu contre la muraille, la tête en bas et les jambes en haut : mais, voyant que rien ne paroissoit, il eut recours au dernier et au plus puissant de ses prestiges ; et ce fut de faire trois sauts en arrière, le petit doigt de la main droite dans l'oreille gauche, et de se donner trois claques sur les fesses en criant trois fois, Rosemonde ! à pleine tête.

A la dernière de ces claques magiques, un vent soudain ouvrit avec impétuosité la fenêtre d'une grande croisée, par où la charmante Rosemonde mit pied à terre au milieu de la galerie, comme si elle ne fût descendue que d'une berline. Le docteur étoit tout en eau ; et, pendant qu'il s'essuyoit, la reine, qui la trouva incomparablement plus aimable qu'à son premier voyage, laissa pour le coup endormir sa prudence ordinaire par un transport d'empressement, et sortit de son cercle, les bras ouverts, aussi étourdiment qu'auroit pu faire la dame à la pièce jaune, en s'écriant : Ah ! ma chère Rosemonde ! Dès qu'elle eut lâché la parole, un violent éclat de tonnerre ébranla **tout le palais ; une vapeur épaisse et noire emplit la galerie, et plusieurs petits éclairs nouveau-nés** serpentoient à droite et à gauche autour de leurs oreilles, et faisoient transir les spectateurs. L'obscurité s'étant enfin dissipée petit à petit, on vit le magicien Faustus, les quatre fers en l'air, écumant comme un sanglier, son bonnet d'un côté, sa baguette de l'autre, et son alcoran magique entre les jambes : personne, dans cette aventure, n'en fut quitte pour la peur.

Les éclairs redoubloient avec vivacité, le comte d'Essex en avoit perdu le sourcil droit, Sydney la moustache gauche. On ne sait s'il en coûta quelque chose à la reine : mais notre auteur dit dans ses Mémoires que la fraise de sa majesté sentoit le soufre, et le bas de son vertugadin le rissolé ; que c'étoit une pitié d'en approcher. Vous jugez bien, charmante Daphné, qu'après une telle déroute parmi nos curieux, le desir de voir la comtesse de Salisbury fut remis à un autre jour : je ne trouve pas même, dans les Mémoires du chevalier Sydney, qu'il en ait jamais été question depuis. Je me flatte de mon côté que cette longue rapsodie vous aura tellement excédée, que vous ne vous aviserez plus de me prier de mon déshonneur, en m'obligeant à retomber dans ces sortes de récits.

II. 20

Ainsi chantoit par nos vallons,
Par nos bois, et par nos prairies,
Ou bien sur les rives fleuries
De quelque onde des environs,
Un certain berger sans moutons,
S'occupant de ses rêveries,
Ou décrivant dans ses chansons,
Sans y mêler de flatteries,
De vrais appas sous de faux noms.
Mais c'en est fait! et ce langage,
Dont il sut parfois enchanter
Quelques bergères du village,
Du temps qu'il aimoit à chanter,
Ne lui paroît qu'un sot ramage
Qui n'a plus de quoi le tenter.
Adieu, dit-il, célèbre rive,
Où tant de fois mes chalumeaux
Accompagnoient ma voix plaintive,
Lorsque je racontois mes maux
Au cours de votre eau fugitive!
Adieu, vous dis, célèbre rive!
Je vous consacre mes pipeaux.

FIN.

TABLE.

—

FIN DE LA TABLE.